Bagriy & Co.

Татьяна Шереметева

Шёлковый

шёпот желаний

Сборник прозы

Bagriy & Company
Chicago • Чикаго
2020

Tatiana Sheremeteva
THE SILKY WHISPERS OF DESIRE
A Collection of Prose
(Russian Edition)

Татьяна Шереметева
ШЁЛКОВЫЙ ШЁПОТ ЖЕЛАНИЙ
Сборник прозы

ISBN: 978–1–7344460–2–9

Library of Congress Control Number: 2020930464

Managing Editor: Simon Kaminski

Edited by Olga Novikova
Book Design and Layout by Yulia Tymoshenko
Cover Design and Illustrations by Larisa Studinskaya

Главный редактор: Семён Каминский

Редактор: Ольга Новикова
Компьютерная вёрстка, макет: Юлия Тимошенко
Обложка, иллюстрации: Лариса Студинская

Published by
Bagriy & Company
Chicago, Illinois, USA
www.bagriycompany.com

Printed in the United States of America

Содержание

О нас, О взрослых

Повесть и рассказы

Шёлковый шёпот желаний

Глава 1

Ночь пахла жареным мясом. А должна была пахнуть морем. Ожидания — чаще просто повод для разочарований. И к тому же сразу захотелось есть: просто вот сожрал бы всё сам и ни с кем не поделился. Томас перегнулся через перила и увидел на нижней палубе нарядный длинный стол под белой скатертью и большой дымящийся гриль.

Очередь к нему была яркой и пёстрой, как ожерелье туземца. Мужские купальные трусы с пальмами и звёздами тяготели к женским бикини, шорты с бейсболками на бритых или лысых макушках были в одной компании с мини-юбками и босоножками на шпильках. «Дамы на возрасте» в длинных платьях и с вечерними сумочками одинокими погасшими свечками выделялись на фоне молодых голых тел. Господ в смокингах не было вовсе.

Он вспомнил, что уже поужинал, и разозлился ещё сильнее. Прошёл в другой конец палубы и, чтобы забыть про мясо, закурил трубку. Снова наклонился посмотреть, что происходило ниже.

Утром пассажирам была предложена небольшая экскурсия на какой-то экзотический островок. И сейчас, после пережитых волнений, Томас чувствовал себя разбитым.

До острова плыли на большом катере группой в шестнадцать человек. Погода испортилась быстро, и через десять минут казалось, что так всё и останется уже до осени.

«Нынче ветрено и волны с перехлёстом. Скоро осень, всё изменится в округе. Смена красок этих трогательней, Постум, чем наряда перемена у подруги» …

Строчки сами пришли на ум. Томас не первый раз уже ловил себя на том, что готовые фрагменты чужих стихов, как в матрицу, легко ложатся по ходу движения его мыслей или внутренних монологов.

«Думаю Бродскими стихами … вот удобно устроился … »

На самом деле Томасу было совсем неудобно. Хотелось найти свои, особенные слова. И чтобы не он, а его цитировали бы. Можно даже после смерти.

Пока он стыдил себя, огромная волна действительно с перехлёстом накрыла их катер. Потом было ещё много воды за шиворотом и на чехле фотоаппарата, долгожданный берег и вынужденное пережидание бури в лежачем положении на песке. По острову шёл мистраль, и встать в рост было невозможно.

Рядом оказалась та пара. Рука жены лежала на спине мужа: вероятно, как показалось Томасу, чтобы того не унесло ветром.

Томас заметил их ещё при посадке на теплоход. Мужчина был похож на последнего российского императора — невысокий, та же русая бородка, те же большие грустные глаза. Он строгим голосом отдавал короткие команды то сыну, то его матери: говорил, не оборачиваясь в их сторону, глядя перед собой и чётко произнося все звуки. Жена с напряжением вглядывалась в его спину и ничего не переспрашивала.

Томас тогда всё пытался понять, кого эта женщина ему напоминает. Потом дошло: она была похожа на большую собаку в наморднике и на поводке, которая, стоя рядом с хозяином, старается сохранить независимый вид и не замечать своего унижения.

Глава 2

Он начинал карьеру как военный врач в Питере, завершив её в том же месте и в том же качестве. После чего с новеньким эстонским паспортом вернулся в свой родной Тарту и устроился на работу в частную клинику. Жена его, медсестра, вслед за ним вышла туда же.

По вечерам они ужинали и обсуждали интересные случаи из практики или же самих клиентов. Люди эти были их тех, кого называют «состоятельные господа», — капризные и нетерпеливые.

И Томас с грустью вспоминал постоянных пациентов своего военного госпиталя — замученных болезнью пожилых майоров и ещё не понимающих своего горя лейтенантов.

Через два года частная клиника в Тарту закрылась, потому что её хозяин уехал в Америку, и Томаса отправили на пенсию ещё раз. От нищей старости спасла родительская дача. Он с женой перебрался туда, а городскую квартиру сдал какому-то одинокому финну.

Дача была старая, запущенная и совсем без удобств. Воду брали из колонки, стирали в тазике, готовили на плитке с газовым баллоном. И только туалет радовал глаз новенькими свежевыкрашенными стенками.

Томас сам построил хорошенькую кабинку, выстелил её изнутри войлоком и фольгоизолом, обил вагонкой и провёл туда электричество. Там было светло и тепло от маленького обогревателя.

И ничего, что приходилось выбегать из дому, Томас и об этом подумал. Внутри кабинки он сделал несколько крючков для верхней одежды и прибил маленькую полочку для журналов.

«В конце концов, у Хемингуэя целая библиотека в туалете была, и ничего», — это был аргумент в пользу полочки.

Вилма умерла неожиданно и тихо. В свой последний вечер она, как обычно, разливала чай и вспоминала толстого Ушакова, который в Питере приходил к ней через день и со своими деликатными проблемами осточертел всему медперсоналу госпиталя.

Томас слушал её, вздыхал и думал о том, что всю свою жизнь потратил он на чужие «деликатные проблемы». И может, это было и хорошо, поскольку без его компетентной медицинской помощи российские вооружённые силы были бы гораздо менее боеспособными. Но всё равно было грустно.

Вот почти прошла жизнь. И что он может вспомнить? Днём разнообразно некрасивые обнажённые тела — когда рубашку было снимать как раз необязательно — офицерского состава Западного военного округа, а вечером посиделки с женой. И этот сукин сын Ушаков, который на деньги, утыренные из городской социалки, шесть лет по блату лечился у них в госпитале. Но так и не вылечился.

Без жены Томасу было плохо. Дачный участок быстро покрывался сорняками, и протоптанные дорожки исчезали на глазах. Выручал сад — он не требовал забот и продолжал скорбно плодоносить, безмолвно укоряя Томаса за небрежение к своему хозяйству.

По вечерам он читал любимые книги из старой домашней библиотеки, а ночью ему снились сны на профессиональные темы.

Однажды он проснулся на рассвете и долго изучал потёки на потолке. Хотелось красоты, хотелось стихов и сладкого томления в теле… Женщины в прозрачных туниках, долгие взгляды из-под ресниц, осторожное прикосновение незнакомой руки…

Председатель их садоводческого товарищества, а когда-то барабанщик с круизного судна Людвиг, видя, что Томас совсем плох и даже выпивать в компании, как раньше, отказывается, предложил ему знакомого врача.

— Какой ещё врач? Я сам — врач! Ты видишь, мне же в посёлке проходу не дают, замучили совсем своими вопросами, — возмутился Томас.

— Ну, ты, Томыч, врач по одной части тела, а он — совсем по другой. К психологу тебе надо, чтобы потом к психиатру не попасть. Это, знаешь, в нашем возрасте очень быстро прорезаться может. Одинокий, вдовый, депрессия, туда-сюда. Бабы как, совсем не пробивают? Вон Нюрка Чупова хотя и русская, но тоже вдовая ходит. Царица юга, между прочим.

— Это почему ещё «царица»?

— А ты посмотри на неё со спины. Это я как интеллигентный человек выражаюсь.

— Да какая Нюрка, какая Чупова! У меня уже всё, пол-шестого. Сдал свой пистолет, как капитан Катания.

— Старик, ну ты даёшь! Вот Виктор, например, говорит, что без этого дела два дня не может.

— И ты говори.

— Что говори?

— Анекдот такой есть: «И ты тоже говори». Слушай, давай лучше выпьем. По-гусарски — за баб, которые не наши и которые нашими уже не станут.

— Да ты что, совсем помирать, что ль, собрался?

Председатель садоводческого товарищества и бывший барабанщик Людвиг, конечно, выпил — сначала за баб, а потом ещё — за здоровье своего соседа. И автор даже не возражал, потому что ему жалко Томаса. И вот он своей авторской волей сажает его в старую, но ещё приличную «Мазду» и отправляет в Тарту. И помогает отыскать хорошего врача, который то ли психолог, то ли психоаналитик, то ли психотерапевт. Главное, что не психиатр.

Глава 3

Доктор Витас был стар, взгляд у него был недобрый, и Томас ещё не присел на стул, а уже понял, что чем скорее он покинет помещение, тем лучше будет для них обоих.

— Рассказывайте, с чем пришли.

— У меня ситуация. Всё сразу сошлось: возраст, пенсия, жена умерла, депрессия, кошмары по ночам преследуют, и душа болит.

— Пенсия хорошая?

— Знаете, как Рязанов, замечательный режиссёр, сказал: «Хорошая. Только маленькая». Квартиру сдаю, так что на жизнь хватает. А тратить мне всё равно особенно некуда. Живу на даче, быт там у нас простой, деревенский. Курочек завёл, яички теперь к столу имею.

— А петушок есть?

— И петушок есть, хорошо своё дело знает. Просто завидно.

— А как у вас с этим делом? Справляетесь?

— Ну, жена вроде в обиде не была. А вообще-то, это для меня очень чувствительный вопрос. Всю жизнь работа практически в мужском коллективе. И жена через два кабинета на том же этаже. А теперь её нет.

— Кого? Работы?

— И работы нет, и жены. А вы не слышали, я же сказал, что жена умерла. Ах, доктор, как это тяжело остаться одному в таком возрасте. Умирать рано, жениться поздно. Помоложе бы был, может, и нашёл кого. А сейчас на себя в зеркало глянешь, а там такое рыло… Эх, не буду говорить, на что похожее. Так вот сядешь вечером, выпьешь с горя, а ночью опять снятся сны. Кошмарные. Тут недавно приснилось, что наша планета не Земля вовсе, а, извините, задница — большая и розовая.

Доктор слушал, остановив взгляд над чём-то чуть выше головы Томаса, как будто у того там был венчик какой или нимб, свидетельствующий о святости.

«Наверняка, паразит, не меня слушает, а о новой обивке для дивана думает. Как адвокат в „Анне Карениной“».

— Безусловно, друг мой.
— Что «безусловно»?

— Н-да… Давайте-ка, знаете ли, не стесняйтесь, рассказывайте свою жизнь по порядку. Вы сюда пришли, чтобы говорить, а я здесь сижу, чтобы слушать. В детстве комплексы какие были?

— В детстве у меня как раз всё в порядке было. Матушка, царствие ей небесное, в нашем университете работала, так что были у меня и школа музыкальная, и музеи, и библиотека дома. У меня во взрослой жизни проблемы начались. Послушался, дурак, добрых людей, когда специализацию выбирал. А теперь вот эти сны вижу. Это у меня точно профессиональное. Я, знаете ли, тридцать лет проктологом отработал, столько этого добра насмотрелся. Это ведь, наверное, в психологическом плане имеет свои объяснения?

Доктор перевёл глаза с «нимба» на самого Томаса.

— Вы действительно проктолог? Господи, как хорошо, когда два медика вот так, не стесняясь, могут поговорить друг с другом. У меня, знаете ли, проблема, просто хоть криком кричи.

Тут автор из деликатности предлагает оставить наших героев наедине со своими недугами. Пусть обсуждают, у кого что болит и как это вылечить. Потому что ещё неизвестно, что болит больнее и с чем тяжелее жить.

И доктор Витас помог. В том смысле, что Томас вначале рассказывал ему о себе и о том, как жаль своей прошедшей жизни, потом незаметно перешёл к воспоминаниям о своей работе и закончил обстоятельной консультацией для доктора по выложенным для него на столе рентгеновским снимкам и анамнезом.

Расставались они друзьями. На прощание Томас спросил Витаса, что ему делать.

— Томас Карлович, дорогой, да вы счастья своего не понимаете. Я вас уверяю, голова не… сами знаете что: поболит и перестанет.

— Так у меня не голова, душа болит, кошмары преследуют…

— А, без разницы. Плюньте вы, всё само пройдёт. Дома чайку, а ещё лучше — коньячку, водные процедуры и в постельку. Господи, как я мечтаю просто спокойно посидеть и попить чаю — долго и со вкусом, а потом лечь. И пусть бы мне снилось что угодно.

По дороге домой Томас всё пытался понять, за что он отдал деньги. Получается так, что он проконсультировал больного, назначил ему лечение и заплатил за это двести евро.

Вечером он опять сидел вместе с Людвигом у себя на веранде и пил, по совету доктора, коньяк.

— Уехать тебе надо.

— Куда? Я из Эстонии уезжать не хочу.

— Да не насовсем. Поезжай в круиз, мир посмотри. Ты где-нибудь был?

— Ну, на Селигере был, потом в Анапу пару раз ездили. Я, вообще-то, больше в лес по грибы люблю ходить. Или с удочкой.

— Эх ты, «с удочкой». Тебе не удочка, а уточка нужна. Хорошенькая, складная. Ты же сам ещё ничего мужик. Да посмотри на себя: ходишь, как пророк какой, в рубище, верёвочкой подпоясываешься. А мы же всё-таки не совок поганый, мы — Европа. Ну и тянись давай. Лучше моря, скажу тебе, ничего нет. Купил себе путёвочку на пароходик и лежи себе на палубе в шезлонге, наблюдай женскую натуру. Там сразу вспомнишь про свой пистолет.

Глава 4

Ночью Томас долго не мог заснуть. А тут ещё автор вкрадчиво нашёптывал, что деньги у него есть и будут ещё. Потому что он не просто пенсионер, хотя и военный, а рантье. А значит, солидный человек, буржуа.

«Да, ёлки-палки, я — буржуа и имею право жить по-буржуински», — объяснял он себе на следующий день, устроив небольшую постирушку на табуретке под яблоней.

Осторожно, чтобы не спугнуть своего героя, автор намекнул, что жить по-буржуински могут научить его профессионалы. И для начала — как выглядеть соответствующим образом.

И опять Томас сел на свою вполне ещё приличную «Мазду» и поехал в Тарту. Мы не станем гонять его по городу, «погуглим» сейчас пять минут и поможем найти нужное место — имиджевое агентство. А там уже Томас должен сам решать, как быть.

А он решил радикально изменить в себе всё.

— Главное, ни за что им не скажу, что я проктолог, а то знаю, чем дело кончится.

Девушка была большая, рыжая и весёлая, похожая на селянку. Полотняный сарафан, вышитая рубашка и цветные бусы. А на голове — венок из васильков.

Он удивился, но ничего не сказал.

— В каком направлении будем работать, Томас?

— А какие есть?

— У нас есть два пути. Стать моложе, но от этого может пострадать такая важная составляющая нашего имиджа, как респектабельность. Или же двинуться в сторону вестернизации с сохранением исходных возрастных параметров.

— А вестернизация — это как? Под ковбоя, что ли?

— Ну уж и скажете! Я имею в виду западные стандарты внешности, характерные для вашего возраста. Предлагаю взять в качестве ориентира типаж европейского интеллектуала. Ну и заодно это сделает вас чуть моложе. Это произойдёт само собой, вот увидите.

Может быть, потому что это была девушка, может быть, потому что она была весёлая, но Томас ей поверил. Решили идти по второму пути.

Томаса сфотографировали крупным планом и в рост. А потом начались чудеса. Адель вывела фотографии на монитор и стала, как волшебной палочкой, рисовать нового человека. На широком лице появилась небольшая профессорская бородка, а короткие волосы потребовалось отрастить и после собирать в хвостик.

— Или заплетать в небольшую косичку, — доверительно посоветовала Адель.

— Ну, косичку я точно не переживу, — Томас пристально вглядывался в своё изображение на экране и пытался представить, как оно всё будет выглядеть.

— Зачем вы носите эти пиджаки? Вы что, на работу так ходили? У вас в офисе какой дресс-код?

— Чего?

— Ну, бизнес-стиль или кэжуал разрешалось?

— Чего?

— Ой, господи, ну вы на работу в костюме с галстуком ходили или в джинсах с кроссовками?

— Я на работу всю жизнь в военной форме ходил, а на работе в белом халате сидел.

Тут Томас вспомнил, что открывать свою тайну нельзя.

— А кем вы работали?

— Офтальмологом.

— Да? Как интересно. Томас, а вот у меня резь в глазах по вечерам. Я же целый день за монитором. Что мне делать?

— Ромашкой полощите, милочка. И прохладные компрессы в лежачем положении.

— А почему в лежачем? Мне удобнее сидя.

— Ну, вам можно и сидя.

— Томас, смотрите, есть такая вещь, как кардиган. Его любят люди солидные и элегантные. Он всегда кстати, и в нём вам будет уютно. Только это должен быть плотный, крупной вязки кардиган. А под него — рубашечку и обязательно бабочку — такую мягкую, дневную. Ну, в крайнем случае шейный платочек. Вот и всё! — Адель посмотрела на него и счастливо засмеялась.

— А брюки?

— А брюки лучше свободные, зимой — идеально вельветовые. Смотайтесь в Хельсинки, там всё это легко себе купите.

Томас вглядывался в своё изображение на мониторе. Там был он и не он.

— Господи, да как же я привыкну…

— А для того чтобы в образ вжиться, есть такая вещь, как аксессуары. Вообще, Томас, запомните, что импозантного мужчину делают прежде всего аксессуары. Они должны быть дорогими и говорящими, и они придадут вам респектабельность — это очень важный параметр. Вам, к счастью, многого и не нужно. Очки, например, в золотой оправе. А ещё лучше — пенсне. Оно сейчас входит в большую моду. Вы курите?

— «Союз-Аполлон».

— Значит, надо переходить на трубку.

— Адель, милая, какую трубку? Я сигареты со школы курю.

— Лучше большая классическая трубка. Я вам сейчас покажу предпочтительные модели. И ещё, Томас, очень важная завершающая деталь. Знаете, как точка в конце романа.

— Цепь на шею?

— Фи, как вульгарно. Совсем не цепь. Вам нужно кольцо на мизинец. Не печатка на средний палец, как носят братки в Питере, а небольшое кольцо, лучше серебряное или белого золота. С тёмным камнем. И пустите по ободу надпись какую-нибудь умную, типа «Всё проходит».

— А надпись зачем? Её же никто не увидит.

— Она будет вам помогать. Это тоже часть вашего нового имиджа. Знаете, когда Вивьен Ли снималась в «Унесённых ветром», режиссёр на последние деньги заказывал ей дорогущие нижние юбки в кружевах. Их никто не видел, это было только для того, чтобы она себя ощущала в образе. Вот и вы будете в образе, ещё и выходить из него не захочете. Ой, то есть не захотите.

Адель распечатала Томасу его фотографии, собрала их в фирменную папку и на прощание крепко пожала ему руку. Венок на голове тряхнуло, и он съехал Адели на нос.

— Адель, на прощание можно личный вопрос? А зачем вам веночек?

— Так то же самое! Чтобы в образе быть.

«Хорошая девушка. Но пенсне носить точно не буду». Томас галантно поцеловал Адели руку и поехал домой.

Глава 5

А теперь давайте опустим подробности о том, как Томас в Хельсинки ездил, как себе обновки покупал, как бородку отращивал.

За это время вместе с бородкой росла его уверенность в том, что с новой внешностью придёт к нему и новая жизнь. Красивая — такая, о какой он, может, всю жизнь мечтал, только никому не признавался.

И решил Томас отправиться в морское путешествие. Жизнь на корабле особенная: там нет забот — все они оставлены на берегу, там можно думать только об удовольствиях, там много молодых и красивых женщин. И кто-то обязательно обратит внимание на импозантного и респектабельного джентльмена.

Ночные кошмары отступили, и стало сниться море. Он уже и круиз подобрал подходящий, жаль только, что судно оказалось российское.

Людвиг хватался за голову и говорил, что это как пиво без водки — в том смысле, что деньги на ветер. Но Томас его не слушал, главное, он знал, что дешевле всё равно ничего не найдёт.

Он был практически готов: купил очки в тоненькой оправе, кардиган почти полюбил, к трубке притерпелся.

Как, оказывается, такие мелочи могут менять человека. Вот сидит мужик в турецких синтетических трениках, курит чинарик. В небо смотрит или под ноги задумчиво сплёвывает.

А вот он же — только в вельветовых штанах и с трубкой. И так же может в небо смотреть, и так же под ноги задумчиво сплёвывать. Но будет всё красиво и значительно.

В своём дачном домике, пока было время, он переклеил обои, а для возлюбленного детища собственной инженерной мысли — «Ласточкиного гнезда» — купил пушистый, нежного палевого цвета коврик на пол. И поставил на него специальные сменные тапочки. Как в Японии.

Только с кольцом всё не получалось. Выручила сувенирная лавочка. Там было много мелочей с городской символикой и серебряных украшений. Среди них он нашёл колечко с плоским тёмно-синим камнем. Вот оно-то как раз на его мизинец и налезло. Теперь нужно было сделать надпись. Томас со студенческих лет помнил «Spiro Spero» — коротко и по делу. Гравёр в торговом центре сразу предупредил, что за результат не ручается, но надпись всё-таки уместил.

Уже по собственной инициативе Томас купил халат, пляжные тапочки и тёмные очки. Он часто вспоминал веночек Адельки: вот ведь, без него была бы она переспелая тыква, а с ним — пышный каравай. Так бы и откусил кусочек. Вкусная девка, он сразу это почувствовал.

«Ах, Томас, что с тобой?» — удивляется автор.

А Томасу уже хочется своё боевое оружие вернуть и опять встать в строй. «Годен, годен!» — это он стал за собой замечать. Не выходить из образа — вот в чём секрет.

Опять, как когда-то в молодости, стали посещать его видения беспокойные, но приятные. И так после них хорошо, так сладко было просыпаться, изо всех сил удерживая ускользающий из памяти сон, тающий в первые минуты пробуждения, как сахар в чае, которого клал он по три ложки на кружку.

Наступил день отъезда. Накануне Томас думал о том, как в новом виде пройти по посёлку. И решил не рисковать. Поэтому все купленные вещи сложил в модный чемодан, надел свой заношенный пиджак и сандалии, на «Ласточкино гнездо» повесил отдельный замок (не упрут, так загадят), ключ от курятника занёс к Людвигу и поплыл.

Ну, то есть до этого был автобус, потом электричка, потом опять автобус, потом в очереди постоять, а потом уже посадка на теплоход. Но это всё неинтересно. Мы же знаем, что такое и электричка, и автобус, и в очереди постоять, особенно если с чемоданом в руке и с сумкой через плечо.

Глава 6

На третий день путешествия Томас попросил перевести его из первой во вторую смену питания в ресторане. В первой пищу принимали пары, озабоченные правильным образом жизни, или одинокие женщины, но не такие, о которых он грезил по ночам, а те, которые «потухшие свечки», — податливые, как горячий воск, и готовые на всё.

Новая рассадка в ресторане Томасу тоже не очень понравилась. Но делать было нечего. Его соседями по большому овальному столу оказалась уже знакомая ему «женщина в наморднике» со своим семейством и девушка, похожая на

Офелию. Автору неизвестно, по каким причинам случилось именно так, но в то утро все они собрались за одним столом в первый раз.

Человек, похожий на последнего русского царя, явно не горел желанием ни с кем знакомиться. Женщины отчуждённо молчали, но на импозантного соседа поглядывали с любопытством. А он держал паузу, уже понимая, что говорить и наводить мосты между соседями по столу придётся именно ему.

Это в студенчестве Томас был парень из маленькой союзной республики, то есть практически с периферии. А теперь он — иностранец для всех тех, кто остался в большой протекающей лодке со странным названием СНГ.

Поэтому свой эстонский акцент он берёг и не давал себе много говорить по-русски.

Наконец он погладил бородку и представился:

— Очень рад нашему знакомству. Меня зовут Тоомас. Для простоты одно «о» можно оставить себе на память.

Мягкий акцент и профессорская бородка сделали своё дело. Обе дамы были заинтригованы.

Первой нарушила молчание девушка, похожая на Офелию.

— Ой, а вы что, говорите по-русски?

— К моему удовольствию, да. Поэтому, надеюсь, у нас будет возможность и пообщаться, и узнать друг друга поближе.

Томас имел в виду всю компанию, но Офелия приняла эти слова на свой счёт.

— Взаимно. Очень рада, что у меня такой интересный сосед. Амалия.

Мысленно Томас поставил себе большую пятёрку: «Офелия» оказалась Амалией.

У Амалии всё было длинное и бледное. Длинное лицо, нос, руки, ноги, пальцы и глаза цвета воды. Волосы тоже были длинными и светлыми. Говорила она медленно.

«Как будто неделю в воде отмокала», — отметил про себя Томас.

Человек, похожий на последнего русского царя, как англичанин в переполненном вагоне, изо всех сил старался не замечать, что рядом с ним находятся люди. Поджав губы, он внимательно просматривал меню, не обращая внимания на происходящее. А его жена уже охорашивалась и, сложив губы в приличную случаю улыбку, готовилась представиться.

Томас строго посмотрел на неё и поправил очки в золотой оправе.

— Меня зовут Тоомас. Может быть, вы помните: мы вместе попали в бурю на острове.

— Да, конечно! Как это интересно… Меня зовут Евгеша, — и, торопясь, добавила, — а это — мой муж Дмитрий.

Дмитрий оторвался от созерцания меню и сухо кивнул в сторону хлебницы.

«Как странно. У нас в школе ботаничку звали Евгешкой. Наверное, она тоже училка».

— А меня зовут Митя, — напомнил миру о себе её сын.

— Значит, Дмитрий Дмитриевич?

— Значит, — вступил в разговор отец. — Именно это и значит.

Ох, не хочет Дмитрий водить компанию с бородатым иностранцем, который почему-то неплохо говорит по-русски.

Итак: дамы стеснялись, ребёнок скучал, Дмитрий сердился.

А Томас думал о том, что, в общем, подобралась не такая уж плохая компания. Во всяком случае, с точки зрения психотерапевта.

Как хорошо просыпаться утром в предвкушении завтрака, который не надо готовить, а только выбирать, и приятного предчувствия большого дня, который полностью принадлежит тебе.

Дмитрий предпочитал протеины: ветчина и омлет с беконом.

Офелия взяла себе апельсиновый сок, круассан, сыр, кофе. И шампанское в высоком, узком бокале.

Евгеша притащила было колбасу и булочки с вареньем, но, посмотрев на тарелку Офелии, занервничала, колбасу отставила и сделала вторую ходку к раздаче. Вернулась с фруктовым смузи, йогуртом и тоской во взоре. Потом украдкой взглянула на мужа, занятого омлетом, решительно вскинула голову и, заранее обидевшись, тоже принесла себе шампанского.

Томас ещё ничего не выбрал. Он ходил вдоль длинных столов с едой и взывал к голосу разума. Голос разума делал вид, что ничего не слышит и не понимает. И предательски оставил Томаса один на один с чизкейками и песочными корзиночками с нежно-зелёными розочками по центру.

Томас уговаривал себя, стараясь свернуть в ту сторону, где стояли контейнеры с отварной овсянкой и обезжиренный кефир. Но ноги сами вели его в противоположном здоровому образу жизни направлении.

А потом голос разума вдруг начал подлизываться, поддакивая Томасу, что для того и отдых, чтобы получать все удовольствия от жизни; и что другие, вон, едят, а ему что, нельзя; и что он, если захочет, за неделю все излишки сбросит. И вообще, пошли все к чёрту, имеет он право раз в жизни пожрать от души. Тем более что вокруг так много всего вкусного.

«Вкусное» для Томаса было всё, что сладкое. Это было стыдно и вредно, это не нравилось Вилме и другим женщинам. Но если бы вопрос встал ребром, Томасу было бы легче отказаться от женщин.

Компромисс для интеллигентного человека, как булыжник для пролетариата, — главное оружие, тем более когда терять уже нечего.

Томас набрал сухофруктов с орехами, взял кукурузные хлопья и в керамическую миску, которая его волевым решением была срочно переименована в чашку без ручки, налил какао. Половину плитки чёрного шоколада он принёс с собой из каюты.

«В конце концов, не надо забывать, что шоколад питает мозг…»

Но голос разума, после того как выбор был уже сделан, вдруг предложил свой сюжет: Томас в тесном, разъезжающемся спереди пляжном халате, туго перепоясанном по выпуклой окружности там, где должна быть талия. А узел пояса где-то под мышками.

Он ужаснулся и заел будущую неприятность шоколадом, который, по недостоверной информации, питает мозг.

В этот раз мозгу повезло, кусище был внушительный, и Томас ещё долго, косясь на своих соседей, держал его на языке, по-коровьи вздыхая от удовольствия.

Офелия пила шампанское, внимательно прислушиваясь к своим ощущениям. И с нежностью смотрела на отставленную соседкой варёную колбасу на тарелке, которая, чувствуя свою неуместность, жалась к краю большого стола.

Евгеша начала есть, потом, украдкой посмотрев на пьющую Офелию, опять решила всё переиграть и тоже начала пить шампанское, правда, вприкуску.

— Не рано ли?

Евгеша дёрнулась, но вопрос был обращён не к ней. Дмитрий неодобрительно посмотрел на Офелию, которая в очередной раз, сделав маленький глоток, облизала по кругу рот.

— Я уже взрослая. Мне можно.

Томас затаился и ждал, что будет дальше.

Дмитрий явно нарывался на неприятности. Но скандалить с Евгешей напрямую, видимо, не хотел, поэтому выбрал в качестве стенки, от которой будут отскакивать в сторону жены и бить его упрёки, прозрачную девушку Офелию.

— Я не в этом смысле, — он постучал ногтем по часам. — На дворе десять утра.

— Это может быть или очень рано, или очень поздно. Смотря откуда считать.

Евгеша, отставив бокал, хранила молчание и пыталась постичь, как можно пикироваться с Дмитрием.

Томас разрешил себе по этому случаю съесть ещё дольку шоколада и запил его густым какао.

«Масло какао-бобов особенно полезно для умственной деятельности… Господи, да если бы это было так, я бы давно уже Нобелевку в области каких-нибудь фундаментальных наук получил», — упрекнул он себя и быстро проглотил то, что уже было во рту.

Мальчик Митя, который сначала съел всё своё, а потом то, что отставила его мать, вытянул отца из-за стола, чтобы идти играть в пинг-понг. Дмитрий, глядя перед собой, молча встал и, держа спину прямой, а плечи развёрнутыми, скрылся за дверями ресторана вместе с наследником.

Томас остался один с двумя дамами и множеством вкусных вещей на столе. Дамы деликатно, как это делают на людях, управлялись со своими ложечками и вилочками.

Глава 7

Он быстренько смотался за высоким бокалом для себя, обратив внимание, что их на подносах становится всё меньше.

— Ну что же, тост назрел сам собой. За вас, таинственные незнакомки! Предлагаю растопить лёд, но не в шампанском, его мы портить не будем. А в наших отношениях. Вы торопитесь? — спросил он, обращаясь сразу к обеим.

— «До пятницы я совершенно свободен», — ответила Офелия неожиданно тоненьким голосом Пятачка.

— Вот и умница. Будет тебе в награду горшочек мёду.

— А мы с вами уже на «ты»? — Офелия облизала рот и «сделала лицо».

— Вы со мной, безусловно, нет. А я с вами, дитя моё, возможно. Впрочем, как вам будет угодно.

— Евгения, а почему вы всё время молчите?

— Мой Дмитрий…

— Евгения, заметьте, я спрашиваю о вас, а не о Дмитрии. Он ведь сам, если нужно, в состоянии ответить за себя. Правда? Знаете, девушки, если у вас до обеда нет постирушки какой или генеральной уборки каюты, предлагаю выпить ещё шампанского и перейти в диванную, чтобы просто поболтать. А там, может, ещё немножко выпить — под настроение.

Не дожидаясь ответа, Томас сходил к большому столу с подносами и прихватил три из четырёх оставшихся бокалов.

Отсутствие Дмитрия за столом благотворно подействовало не только на его жену, но и на её новую знакомую.

«А может, — заметил про себя Томас, — дело не в этом. Просто шампанское по утрам исключительно полезно для наведения мостов дружбы с противоположным полом. Это примерно то же, что водка — с мужчинами».

— За что будем пить? — Офелия на втором бокале утратила часть своей бледности и даже немного порозовела.

«Как всё-таки идёт женщинам алкоголь в небольших количествах», — умилился Томас.

— Офелия, умница! Пить будем…

— Я не Офелия, я — Амалия!

— Пардон. Амалия, вы — грёза. Вам этого никогда не говорили?

Она сделала глоток, помолчала и серьёзно ответила:

— Говорили.

— Ну, вот видите, поэтому вы — Офелия. Шекспировский масштаб личности.

— Что?

— Короче, вы очень интересная женщина.

Амалия опустила глаза и снова занялась шампанским.

Между тем Евгеша сосредоточенно изучала тиснёный рисунок на белой скатерти.

«Ах, всё я делаю не так. Ничего нет хуже, чем хвалить одну в присутствии другой. Я ж их так рассорю навек, вернее, до конца плавания».

— Евгения, я хочу выпить за вас и за самоотверженных женщин. Я видел, как вы прикрывали своего Дмитрия во время бури на острове.

Она подозрительно посмотрела на Томаса, привычно ища подвох в словах мужчины. Но Томас для пущей убедительности снял свои новенькие очки и смотрел на неё немного близорукими честными глазами.

«В конце концов, — решила Евгеша, — почему бы и нет?» Она плыла на белом лайнере, сидела сейчас в ресторане в компании с этим вполне приличным мужчиной, к тому же иностранцем. А главное — рядом не было Дмитрия.

Она подняла бокал. Амалия, которая уже не возражала против «Офелии», сделала то же самое. Казённое стекло осторожно сомкнулось в первом дружеском соприкосновении и отозвалось хрустальным перезвоном. Или, может быть, так показалось.

В диванной было прохладно и пусто.

Томасу хотелось хулиганить или откровенно говорить с женщинами, что недалеко друг от друга. Откровенничать будут, естественно, они. Главное для него — не выйти из образа. И потом, кто сказал, что импозантный мужчина с мягким, почти иностранным акцентом, не сможет понравиться одной из них?

Евгеша с тревогой оглядывалась. Уже было понятно: боится, что муж её застукает.

Неужели она всегда была такой? Что такого сделал с ней этот Дмитрий, если прежде, чем открыть рот, она смотрит на мужа? Цветаева, кажется, сказала, что можно смеяться над человеком, но никогда нельзя смеяться над его именем. Зачем она разрешает так себя называть?

Она могла бы быть красива — и не по молодости, когда красивы все, а потому что у неё твёрдый прямой носик, брови вразлёт, они, кстати, говорят, что есть в крови что-то восточное, и большой рот. В школе наверняка её лягушонком дразнили. Какой она была тогда? Тоже напуганная? А может, наоборот, головы мальчикам морочила, по пять свиданий в день назначала, бегала от фонтанов к памятникам и, чтобы не перепутать, всех называла «котиками»?

Её бы в хорошие руки, да отмочить, как эту Офелию, согнать лишний пуд соли, который она, наверное, слопала, живя со своим Дмитрием. Хотя, пока она каждую фразу начинает с «мой Дмитрий», никто ею заниматься не будет, ну разве что Томас. И то с точки зрения психотерапевта.

— Евгения, что вы так беспокоитесь? Муж с сыном в настольный теннис играют, до обеда далеко, а чем-то это время занять надо. Вы в хорошей компании, поверьте мне. Давайте позволим себе «роскошь человеческого общения», не так часто нам всем выпадает такая возможность.

— Мой Дмитрий не любит, когда пить начинают с утра.

— А как Дмитрий относится к вечерним возлияниям?

— Примерно так же, — Евгеша вздохнула.

Пока всё шло замечательно. Томас держал, как извозчик вожжи, инициативу в своих руках. И дамы этому нисколько не удивлялись.

— Вези меня, извозчик, по пыльной мостовой, а если я усну, шмонать меня не надо… ла-ла-ла, не помню, что дальше. Офе… пардон, Амалия, признавайтесь, вы одна плывёте?

— Я всегда плаваю одна, в отпуске от мужа надо отдыхать. — Офелия опять облизала губы.

— Что, не в первый раз морем путешествуем?

— Третий. Я здесь всё наизусть знаю. Сейчас начнутся учения со шлюпками — на случай крушения. Через два дня будет капитанский ужин, а в последний вечер будут выбирать королеву рейса. Но, конечно, всё по блату. Выбирают тех, у кого мужья или любовники богатые, — она одёрнула короткую прозрачную тунику и посмотрела на Евгешу. — В прошлом году каракатицу выбрали — из Польши. Так все сразу начали говорить, что в Польше женщины самые красивые. А по-моему, самые красивые у нас в России, — Офелия совсем разобиделась то ли на богатых любовников, то ли на устроителей конкурса, то ли на Польшу.

— Это точно, наши — самые лучшие, — авторитетно подтвердила Евгеша.

— А вы сами, Томас, какой национальности будете?

На патриотической волне вопрос возник сам собой. Офелия сделала строгое лицо и цепким, как проволока с колючками, взглядом стала царапать лицо и одежду Томаса.

А прицепиться было к чему. Колониальная панамка, полотняные укороченные штаны — не шорты и не брюки. Длинная, полотняная же рубаха. Не зря же он в Финляндию ездил. Бабочку решил на время заменить на шейный платок. Ну и трубка, которая наготове лежала на низком столе. Курить в диванной было нельзя, но как говорящий аксессуар пусть будет рядом.

Томас удивился, как быстро совершился этот переход от медлительной, вымоченной почти утопленницы к сосредоточенному и строгому почти общественному деятелю.

«Есть в ней какая-то склонность к карательной философии, знала бы она ещё, что это такое…»

Евгеша с интересом разглядывала двухцветную бородку Томаса.

— И правда, скажите, кто вы?

— Как кто, ваш же соотечественник. Знаете, «мой адрес не дом и не улица, мой адрес — Советский Союз…»

— Неправда, наши люди так не ходят, — Офелия холодно отвергла эту версию.

— Ну, вы скажите ещё, что «наши люди на такси в булочную не ездят!» А, например, в Братске, я читал, именно так и делают.

— А почему в Братске в булочную — и на такси? — Евгеша застыла в ожидании ответа.

— Да потому что там бандюганы вокруг, до магазина целым не дойдёшь, — снисходительно усмехаясь, объяснила Офелия.

— Вот, Евгения, наша Офелия, она же Амалия, всё правильно сказала. Даже удивительно, что такая юная девушка, — (соврал, конечно, для поддержания тонуса беседы), — интересуется криминальной хроникой вашей страны.

Офелия хотела что-то добавить, но задержалась с ответом и ещё раз строго переспросила:

— Так откуда же вы, Тоомас? И почему, если вы наш, у вас такой акцент?

«Ого, девушка любит конкретные вопросы и такие же ответы… — Томас выдерживал паузу, наблюдая за дамами. — Интересно было каждой из них, но как по-разному они себя ведут. Офелия пошла в атаку, практически сразу начала допрос. Лампу в лицо, и первый же вопрос — о пятой графе.

А Евгеша застыла в анабиозе. Ей тоже интересно, но она готова ждать и боится спугнуть, думает, что я тоже чего-то боюсь. Ну, правильно, мы же всегда исходим из собственных ощущений. Трудно представить, что кто-то рядом может воспринимать мир совсем по-другому, отлично от тебя».

— Ну, во-первых, если быть точным, я уже не совсем «ваш», а во-вторых, дорогая Амалия, что, собственно, вас смущает? Вы вот тоже говорите не так, как в Москве или Питере. По-моему, вы откуда-то с Урала.

— Сами вы с Урала, — оскорбилась Офелия, — я с Ульяновска.

— Из Ульяновска, — машинально поправил её Томас.

— А вы что, словарь русского языка?

«Ну, совсем ссориться собралась. Надо от опасной темы уходить».

— Уважаемая Амалия, я существо старомодное, к тому же воспитанное в традициях великой русской литературы. Знаете, был такой замечательный профессор — Лотман Юрий Михайлович. Ему в Питере работать не разрешали, и он у нас, в Тартуском университете, литературу преподавал. Так вот, он был дружен с моей матушкой.

«О Господи, зачем я хвастаюсь, откуда она всё это может знать? Всегда меня заносит не в ту сторону. Психоаналитик, ой, нет, психотерапевт хренов».

— Я знаю! — неожиданно подала голос Евгеша. — Я знаю Лотмана! Как он рассказывал! Я каждый раз боялась его передачу пропустить. Как жалко, что он… — она помялась. — Что его больше нет. А вы его действительно знали?

— Конечно! Он к нам домой приходил. Ну, ладно, что мы всё обо мне!

— Нет, вы не уходите от ответа, — перебила Амалия. — Раз уже начали, досказывайте. Почему у вас имя не русское и акцент? Может, вас подсадили к нам?

«Да, инкогнито сохранить не удалось. Хвастаться надо меньше и других учить. Да и какой толк её учить? Она же всё равно так и будет всю жизнь с Ульяновска ездить».

— Ах, Амалия, а вы совсем не Офелия. Та бы уже полюбила меня… Правда, Евгения?

Евгеша утвердительно затрясла головой, поправляя сбившуюся от усердия чёлку.

— Ну, хорошо. Чтобы вы не думали, что меня сюда вражеская разведка заслала, рассказываю, как на духу: правду и только правду.

И Томас рассказал про Эстонию, про Тарту, про то, что на жизнь зарабатывает частной практикой как психотерапевт.

— Так, всё понятно. Пока Россия с колен встаёт, вы там у себя в Эстониях частной практикой занимаетесь и деньги лопатой гребёте. Психов много? — Амалия окинула своим цепким взглядом Томаса и остановилась на тёмно-синем камне на его мизинце.

— Ну, про психов вы зря, душа моя, а зарабатываю я хорошо и весьма. В наше время многим нужны утешение и помощь. Стрессы, крушение надежд, личные драмы, да много ещё чего. Вот я и врачую душевные раны, так сказать.

— Это что, они к вам на исповедь ходят? Как к попам?

«Что-то эта Офелия-Амалия начала утомлять».

— Амалия, а не наполнить ли нам вон те бокалы? Я даже знаю, что они для красного вина. Для белого полагается другая форма, и не исключено, что потом нам потребуются и они. Редкий случай, когда мы можем не отказывать себе в своих невинных желаниях.

Евгеша пила маленькими глотками, стараясь придать позе непринуждённость, а лицу — лёгкое утомление.

— Неплохое вино, вы не находите, Томас? — Она откинулась на диванную спинку и положила ногу на ногу.

— Да это вообще не вино, это шмурдяк, — Амалия презрительно отставила свой бокал.

Евгеша, оживившись, всплеснула ладошками.

— О, господи, какое слово интересное! Амалия, вы меня интригуете. А чем вы занимаетесь, когда не плаваете на круизных судах?

— Занимаюсь воспитательной работой.

— В садике?

— Ага, в садике. Для взрослых.

Евгеша расхохоталась, потом пригорюнилась и, наконец, доверительно, как к доброму волшебнику, обратилась к Томасу:

— Я тоже хочу такие ноги, — и кивнула в сторону Амалии.

«Наверное, вино после шампанского ей пить нельзя. И что теперь действительно скажет Дмитрий?»

— Так, девушки, предлагаю несколько упражнений на свежем воздухе. Будем медитировать.

Глава 8

На нижней палубе было жарко и тесно. Евгешу опять будто взяли на поводок. Около самого бортика бассейна стоял Дмитрий. Он был в коротких, против моды, плавках и играл развитой мускулатурой.

А рядом действительно проходил тренинг для желающих выжить в случае кораблекрушения. Помощник капитана читал инструкцию пассажирам и украдкой скашивал глаз на свои часы.

— Одни тётки в шлюпках сидят, и так каждый раз. Эта вон, в кудельках, уже и жилетку успела нацепить, можно подумать. Да она ж всё равно не потонет, даже если ей веслом по башке треснуть. А вы, Томас, поучаствовать не хотите? Ещё не поздно, и компания для вас подходящая.

Томас очень бы хотел поучаствовать и ругал себя за то, что совершенно упустил из виду это важное мероприятие.

— Нет, любезнейшая Амалия, воздержусь. Совершенно напрасная затея. Если что, начнётся такая паника, никакие тренинги не помогут. Это я вам как психолог говорю. Помните «Титаник»? Там же люди дрались за доступ к шлюпкам, кто-то уплывал в пустых, а кто-то тонул в переполненных. Неужели вы думаете, что за эти сто лет что-то изменилось?

— Так там американцы были. А тут — почти все русские.

— Там как раз англичане были и прочие европейцы. И плыли они из Англии в Америку. Но вы не расстраивайтесь, всё это не имеет никакого значения. Человеческая природа от таких мелочей совершенно не зависит.

— Ну тоже скажете! Наши люди совсем другие, мы — богоносная нация.

— Да? И что, думаете, будут дорогу друг другу уступать?

— Да. Впереди женщины и дети, потом старики, а потом все остальные пусть идут.

— Ну вот, видно, не придётся нам с вами спасаться в одной лодке. Вы пойдёте впереди как женщина или как ребёнок, а я, наверное, замыкающим, где «все остальные».

— Нет, вы можете там, где старики.

— Ну, не может человек знать, где его истинное счастье. Спасибо, дорогая, за вашу доброту.

В каюте было, как и на палубе, душно, тесно и к тому же неуютно. Зато пока она целиком принадлежала Томасу.

Он долго рассматривал себя в зеркале ванной и пытался понять, по каким признакам Амалия записала его в старики. Импозантность и респектабельность — вот что отличало его от ровесников, а эта оглобля просто с ним кокетничает.

Он прилёг на койку, отломил кусочек халвы с орехами и решил до обеда попытаться восстановить душевное равновесие, тем более что сладкое, как известно, благотворно действует и на нервную систему тоже.

Вечером все разделились по интересам. Офелия плавала в бассейне, а потом отправилась на дискотеку, Дмитрий вместе с женой гулял по палубе, а Томас пошёл в кинозал.

Показывали какой-то модный фильм из жизни богатых, которые, как им и положено, много плакали. Главная сцена фильма была решена крупным планом, и тяжёлые шёлковые простыни отливали тёмными шоколадными складками на циклопической постели главной героини — той, которая была главная плакса.

Героиня мучилась от внутренних противоречий, поскольку была она женщиной немолодой и замужней, но рядом с ней лежал не супруг, а совсем другой мужчина. Благородная ткань под телами изменников шуршала. На вопрос героя, что за посторонние шумы отвлекают их от радости обладания друг другом, героиня прошептала, что это — «шёлковый шёпот желаний», и опять разревелась.

А Томас в очередной раз похвалил себя за сообразительность. В чемодане у него, кроме новых вещей, была прикупленная на каком-то развале в Таллинне бордовая простынка, ну как бы даже и шёлковая. Ведь не станет же автор рассказывать, что шёлк был на самом деле ацетатом, а само изделие было пошито в Турции.

Какая, в конце концов, разница? Главное, что эта вещь соответствовала тому реквизиту, которым Томас обзавёлся в рамках создания своего нового имиджа. Казённому постельному белью он давно уже не доверял — в госпитале на него насмотрелся. А домашнее, в мелкий цветочек, купленное Вилмой лет пятнадцать назад, требованиям момента не соответствовало.

«Да, красиво завернули: шёлковый шёпот желаний!»
Вот, может, и Томасу свезёт, и на этом корыте, которое мнит о себе, что оно круизное судно «Одиноков», переживёт он какое-нибудь романтическое приключение. Прозрачная туника, к примеру, уже есть, и во время совместного приёма пищи каждый раз теперь можно видеть, как сквозь лёгкую ткань просвечивает длинное бледное тело Офелии.

На выходе из зала он встретил её.
— А почему не танцуем?

— А, там уже пьяные все. И лампочку в коридоре высадили. Не люблю.

— Ну что, пошли побеседуем на воздухе?

Офелия сидела в низком парусиновом кресле с высоко поднятыми острыми коленками и слушала Томаса.

Выпили вина, потом ещё. И ещё. Ему хотелось говорить, вернее, ему хотелось, чтобы красивое кино продолжалось. Поэтому он рассказывал о своих пациентках. Объяснял Офелии, что женщины, как существа трепетные и ранимые, прежде всего нуждаются в его профессиональной помощи. Его кабинет выполнен в спокойной голубовато-синей гамме. И там стоят большие велюровые кресла бежевого цвета. И, конечно, есть уютная кушетка, которая больше похожа на кроватку, куда пациент или пациентка могут прилечь и, расслабившись, начать откровенный разговор со своим психотерапевтом.

— Чтобы женщина (а я работаю прежде всего с женщинами) перестала стесняться и начала говорить правду, понимаете, правду, даже самую неприглядную, необходимо её полное доверие ко мне. Она ложится на кушетку, закрывает глаза и начинает рассказывать мне о себе. Поначалу это трудно, человек зажимается. А зажиматься нельзя, иначе будет больно.

— А почему больно?

«Ну до чего у этой Офелии всё-таки физиономия глупая. Даже туника не помогает».

— Ну, я имею в виду душевную, а не физическую боль. Вы должны быть предельно расслаблены и расположены к своему доктору. И главное — ничего не стесняться. Нет некрасивых людей, нет некрасивых поз. Есть заболевания, которые надо лечить, и я — тот, кто может избавить вас от физических страданий.

— Томас, а почему страдания физические?

— Вы про психосоматику что-нибудь слышали? Физическое и душевное связаны в организме в одну систему. Знаете, как сообщающиеся сосуды. Я знаю очень много разных человеческих историй и скажу вам по секрету, что даже книжку думаю написать. Материала у меня на целый том хватит. Вот и вы — бойтесь-бойтесь меня, а не то попадёте туда на триста двадцать пятую страницу и будете там как «девушка в прозрачной тунике» фигурировать. С красивым именем Офелия. То есть Амалия.

Ах, Томас, ну зачем ты выпил пиво после вина? Ты же хорошо знаешь известную поговорку на этот предмет. На следующее утро болела голова и как-то плохо помнилось, чем закончился разговор с Офелией. И что ты там ей наговорил про психику и соматику вместе и по отдельности, даже сам автор не знает.

Глава 9

Завтрак опять порадовал длинными рядами незатейливых закусок и высокими бокалами, в которых весело гонялись друг за другом пузырьки дешёвой шипучки, выдававшей себя за хорошее шампанское.

Томас, по случаю общего недомогания, свой зловредный голос разума к решению стратегических вопросов подпускать вообще не стал, решив, что как-нибудь без него разберётся.

Поэтому для поправления здоровья взял два пирожных и тазик какао.

Когда он вернулся к столу, то увидел, что Офелия обложилась колбасой — копчёной и варёной, а на горячее взяла себе яичницу с сосисками и красной фасолью. Она сидела, выпрямив спину, откинув голову и глядя перед собой. Напротив неё точно в такой же позе сидел Дмитрий.

Евгеша находилась в смятении. Вчерашнее шампанское обязывало. Завтракала она накануне, сами помните как, на обед заказала, подглядывая за тем, на какой строчке меню останавливается длинный палец Амалии, какой-то там супчик из цветной капусты, а на ужин — соте. Что такое соте, Евгеша толком не знала, выбрала его исключительно за красивое слово и потом долго жалела об этом.

И вот сейчас все её жертвы полностью обесценены. Рядом Дмитрий ест омлет с беконом, который, как назло, так вкусно пахнет, по другую сторону — предательница Амалия с колбасой и сосисками, а напротив — Томас со своими жизнеутверждающими излишествами.

Хотелось проявить характер: опять узкий бокал, фрукты, два-три сухарика, сыр и полагающееся к таким предпочтениям доброжелательное равнодушие к миру. …Управившись с завтраком и глядя на пустую тарелку с размазанным по ней кетчупом, она грустно прошептала: «В конце концов, мы же целый день будем на воздухе…»

— Томас, может быть, побеседуем в диванной? — робко предложила Евгеша, как только её муж и сын скрылись в дверях ресторана.

— Это без меня. Я пошла в бассейн,— Амалия с грохотом отодвинула стул.

— Опять «шмурдяк»?

— Амалия вчера пошутила, отличное вино.

— Откуда она всё это знает? А, она же тут третий раз… Интересная девушка, правда? И такая молодая…

Евгеша не оставляла выбора. Томасу практически в ультимативной форме предлагалось усомниться в том, что Офелия молода и интересна.

— А почему вас так зовут — Евгеша?

— Вы знаете, мой Дмитрий…

— А давайте поговорим о вас?

— Это вы как психотерапевт хотите со мной говорить? Я думала, просто как человек…

— Да не то слово…

Курить было нельзя, и Томас стал набивать трубку впрок. Запахло солидным мужчиной.

Евгеша сделала загадочное лицо. Потом, подняв бокал, начала разглядывать оставшееся в бокале вино на свет.

— Я не всегда была такая…

Опять она вытягивала из него комплимент. Неужели она так изголодалась по доброму слову?

— Вы хотите сказать, что были ещё лучше?

— Я хочу сказать, что я тоже была худая… — Евгеша подумала, выпила ещё, потом добавила: — И высокая.

«Ох, что-то я много пью… и ем»,— Томас внимательно рассматривал своё отражение в зеркальном проёме рядом с диваном. Драгоценные круизные денёчки остаются за бортом, а у Томаса пока не было ни осторожного прикосновения незнакомой руки, ни полуопущенных ресниц, ни волнения, от которого бы сладко ныло и просилось бы в бой всё то, что пока ведёт себя крайне миролюбиво.

И сейчас напротив него сидит не строптивая пантера с длинными злыми когтями, глядя на которые невольно думаешь о будущих царапинах на самых чувствительных местах собственного тела, а безобидная Евгеша с аккуратно остриженными ноготками и ищущим взглядом добрых глаз.

— Завтра капитанский ужин. Вы уже подготовились?

— Евгения, не пугайте меня. А что, нужно как-то готовиться?

— Амалия сказала, что на этот ужин надо приходить в вечернем туалете. Я уже знаю, в чём приду. А вы?

— Я об этом как-то не подумал. У меня, кроме штанов да рубашек, и нет ничего.

— Ах, Томас, вам ничего и не нужно. Приходите со своей трубкой и шейным платочком. Вы всё равно самый лучший.

— Да бог с вами, Евгения! Вы посмотрите, сколько вокруг молодых жеребцов! Куда мне до них!

Автору доподлинно известно, что каждый отпирающийся от комплиментов делает это только для того, чтобы в финале неохотно согласиться с оппонирующей стороной. И Томас согласился.

Глава 10

Строгость российских законов чаще всего компенсируется необязательностью их исполнения вообще и на отдельно взятом круизном судне в частности. Капитанский ужин предполагал вечерний дресс-код. Но те, кто днём ходил в длинных трусах с государственной символикой (нынче их решено именовать плавками), в чём появиться на объявленном мероприятии, не думали. Молодые дамы пришли в мини, пожилые — или «дамы на возрасте» — пришли в макси.

А Томас пришёл в торжественных вельветовых штанах, рубашке в застенчивую клеточку и милой мягкой бабочке, ну точно как профессор словесности из главного университета Стокгольма. Полупрозрачная длинная туника Амалии искрилась золотом на тёмно-синем фоне. Дмитрий был обтянут чем-то подчёркивающим его развитую мускулатуру.

Зачем. Зачем-зачем-зачем? Зачем… Томас старался не смотреть в сторону Евгеши.

Но роза на плече и разрез до бедра между тем заявляли о своём праве на всеобщее внимание.

Евгеша играла бокалом на тонкой ножке и устало отказывалась от еды. И только на красной икре, которую официанты, с ненавистью глядя на сидящих за столами, предлагали дорогим гостям, она сломалась: взяла одну крошечную тарталетку, потом повторила. Потом повторить не получилось, потому что икра закончилась до обидного быстро. Свою обиду она решила запить.

Амалия следила за туникой. Митенька взглядом делал то же самое. Дмитрий посчитал икринки на тарталетке и, дойдя до цифры девять, сдержанно улыбнулся и отдал её сыну.

— Томас, а почему бы вам не пригласить вот эту молодую особу потанцевать? Или вы ждёте, когда объявят белый танец? Амалия, вы должны сами пригласить нашего доктора!

— Евгения, увы, я не танцую. Давайте, друзья мои, лучше содвинем бокалы. Дмитрий, нам с вами крупно повезло! Мы сидим в окружении двух дам, и могу сказать, что они — самые достойные в этом зале.

— Вы про это лучше на конкурсе скажите!

— А что, Амалия, мой голос имеет значение?

— Значение имеет каждый голос! — заговорила Евгеша. — И тем более ваш… Красивых женщин должны выбирать обаятельные мужчины со вкусом. А у вас бездна и того, и другого. Поверьте мне, уж я-то знаю толк в этих вопросах.

Дмитрий оторвался от своих протеинов и пристально посмотрел на жену. Потом молча переложил со своей на её тарелку куриную котлету — ту, что «по-киевски».

— Уважаемые дамы, обещаю, буду голосовать обеими руками за каждую!

— А нам не надо за каждую, нам надо — за одну. Единственную, — в голосе Евгеши звенела горечь принятого с достоинством будущего поражения. — Вот лично я считаю, что женщины делятся на красивых и умных. Хотя бывают исключения: например, моя бабушка была и умница, и красавица и всю жизнь сводила мужчин с ума. Знаете: «Я чёрная моль, я летучая мышь, вино и мужчины — моя атмосфера…»

Впереди были кофе и десерт. И эта часть ужина интересовала Томаса больше всего. Конечно, при условии, что ей предшествовал салат «Столичный» и лангет.

— Какие впечатления от ужина, любезнейшая Амалия?

— Да ну! Я же всё знаю. В позапрошлом году лосось давали, а в этот раз заныкали.

— Да разве в этом дело? Посмотрите, какая «атмосфера», как выразилась Евгения, как много красивых женщин! Но вы, конечно,— самая эффектная.

Амалия серьёзно посмотрела на него и спокойно ответила: «Я знаю». И, предупредив Томаса, что вернётся, пошла попудрить нос.

Томас остался за столом в одиночестве, так как Дмитрий увёл Евгешу сразу после куриной котлеты и перед четвёртым бокалом шипучки, на которую его жена имела виды.

Он внимательно осматривал зал. Бо́льшую часть сидящих за столами, как обычно, составляли женщины, но если это была молодая и с аккуратными ножками, то обязательно с каким-нибудь мордатым мужиком, а если свободная, то «свечка» с расквашенными пятками.

«Томас, Томас, ну почему ты смотришь на какие-то пятки, а не на лица окружающих тебя дам?» Если бы автор задал такой вопрос, то, наверное, получил бы такой ответ: «Знаю я вас. Вы сначала подтяжку, потом ботокс, потом полкило фарфора в рот закинете, а потом липосакцию на все проблемные точки — и пятнадцать лет минус. А когда на ноги смотришь, сразу всё ясно. Вон сосуды, вон вены выперли, а вон вальгусная деформация пальцев стопы за километр видна. Это я вам как врач, в конце концов, говорю. Косточка это, косточка на большом пальце, понятно? А я уже на всё это в посёлке своём насмотрелся. Хватит с меня».

Нет, не хотел Томас знакомиться со «свечками» и старался тактично дать им это понять — всем вместе и каждой по отдельности.

Отказывать во внимании сразу стольким женщинам было утомительно и приятно. Обижать никого не хотелось, но и давать кому-либо повод для напрасных ожиданий он тоже не собирался.

«Главное — уметь сказать нет. Но делать это надо деликатно, они же не виноваты…»

Это была принципиально новая задача.

«Да, вот что значит имидж. И всего делов-то: платок на шее, женское кольцо на мизинце и хвостик. И ведь я действительно уже не тот, что раньше: и когда форму, и когда халат белый носил, и когда на даче верёвочкой подпоясывался. Я теперь другой…»

С шумом отодвинулся стул, Амалия уселась на своё место.

— Ну что, моя прекрасная Офелия, впереди у нас самая интересная часть вечера.

— Это вы о танцах?

— Увы, я имею в виду десерт.

— А почему вы со мной на «вы»?

— Не смею, любезнейшая, не смею. Уж больно вы строги.

Амалия порозовела и внимательно обвела взглядом зал. Потом разочарованно вздохнула и предложила выйти на палубу.

— А как же десерт?

— Ну зачем вам десерт? Вы что, женщина, что ли? И потом, в вашем возрасте…

— Не сметь! Ни слова про мой возраст. Ещё по бокалу вина, и я буду окончательно готов.

Они выпили и потом вышли из большого зала, где в это время официанты начали предлагать господам отдыхающим мороженое трёх сортов и пирожные с фруктовым желе.

Томас поднялся на палубу, злясь на себя за свою мягкотелость, на Амалию за её напор и на официантов за их нерасторопность.

В бассейне среди малочисленных и малоподвижных тучных тел серебристым мальком мелькал Дмитрий. Жена его спала, сын смотрел мультики. А десерты, да ещё в вечернее время, Дмитрий презирал.

Полотняные кресла были низкими, и колени Амалии снова поднялись выше её головы.

«А хорошие у неё ножки, свежие, молодые — моложе, чем она сама».

Самое время было заняться трубкой. Томас долго её раскуривал и думал о том, что, в общем-то, если эту самую Офелию, которая Амалия, научить правильно ставить ударения и склонять числительные, а потом познакомить её с Аделькой, то можно будет как-нибудь пригласить её к себе в голубой кабинет на бежевую кушетку. Для консультаций.

Она поправила тунику, то есть сделала так, что прозрачная ткань ушла далеко наверх, и у Томаса появилась ещё одна возможность убедиться в том, что относительно её конечностей он был прав.

— Томас, пока мы одни, я хотела бы кое-что у вас спросить.

— Я весь внимание.

— Как вам наша клуша?

— О ком это вы?

— Не делайте вид, что не понимаете.

— Наша соседка?

— Да, клуша, которая Евгеша.

— Милая женщина, любящая жена и мать.

— Она клуша. И пить совсем не умеет. Чуть что — сразу с копыт.

— Это только доказывает её неиспорченность, что иногда женщине к лицу.

— Это доказывает, что она пить не умеет, и больше нечего. А туда же: «Неплохое вино, вы не находите, Томас?» И ещё за столом за мной подглядывает. Ну, говорю же — клуша.

— Ну, милочка, тогда всех семейных женщин можно так называть.

— Не всех. Я такой никогда не буду.

— Ну, вы… Вы — девушка эффектная, а потом, знаете ли, возраст. В молодости о нём не думаешь, а понимаешь всё, когда сам, как тот мяч, уже в положении «вне игры».

— Это вы-то «вне игры»? Да ни в жизнь не поверю. Видели, как Евгешка на вас запала?

— Так вы же только что сами мне сказали: «И вообще, в вашем возрасте…»

— Да это я позлить вас хотела. Я вообще люблю злить мужчин. И потом, работа у меня такая…

— А где же вы всё-таки трудитесь?

Амалия облизнула губы, помолчала и мрачно ответила:

— Не скажу.

«Да, вот тебе, пожалуйста: и коленки острые, и ногти длинные, и талия присутствует. А в чемодане у меня бордовая простынка, между прочим, без дела томится. Что же тебе мешает, старый пень?»

— Амалия, пойдёмте к бортику, там ветер, свежесть, звёзды в воде отражаются.

— Ну, вы, прям, как «Титаник» какой. Они там на носу стояли, пока корабль не грохнулся.

— А вы смелая девушка. Одной плавать не страшно?

— Не страшно. Ой, да не нагинайтесь вы так низко: вывалитесь. Дайте-ка я вас буду держать, от греха подальше. Будем ждать, когда первая звезда зажгётся.

«Чёрт с ним, пусть говорит, как хочет. Ну, не диктанты же с такой девкой писать. И у меня в каюте соседа нет…»

— Амалия, дорогая, мне даже неловко. Ежели я падать буду, то точно вас с собой утяну. Давайте-ка лучше отойдём.

— А пошли в бассейн плавать!

— Да вроде поздно уже…

— Тогда я пойду одна.

— Вот и славно. А я рядом в кресле посижу, знаете ли, по-стариковски…

Глава 11

На следующий день Евгеша сидела тише тихого, наказав себя отварной овсянкой и чаем. Амалия Томаса не замечала и делала попытки заговорить с Дмитрием. Дмитрий, как обычно, морщился и от общения уклонялся. И только мальчик Митя чувствовал себя в своей тарелке. Он с аппетитом ел, четыре раза бегал за соком и, не мигая, рассматривал Амалию.

После капитанского ужина у Томаса болела голова и не хотелось никуда идти.

— Ну что, господа хорошие, какие у нас планы на сегодня?

— Лично я собираюсь загорать, — на Томаса Амалия не смотрела и всем своим видом говорила, что никаких «наших» планов у неё с ним быть не может.

— А как же культурная программа? Сегодня же выход на берег, опять какие-то развалины.

— Ну вот и осматривайте их, если вам так интересно. А я их уже два раза видела.

Дмитрий, как обычно, тщательно прожевал свой завтрак и молча встал, сухо кивнув всем головой. Евгеша вздохнула и вышла вслед за ним.

Томас лежал в своей каюте с шахматной доской на животе и грустил. Вот плывёт он на корабле, пусть на небольшом, не очень красивом и полном бывших соотечественников. Зато на фоне этой публики его нельзя не заметить и не выделить из общей толпы. Он один тут такой: импозантный мужчина с говорящими аксессуарами, к тому же психотерапевт.

И вот теперь, где бы он ни появился, происходит примерно одно и то же:

— Доктор, я могу с вами поговорить?

— Я сейчас не доктор, а просто пассажир.

— Доктор, мне нужно с вами посоветоваться. У меня просто катастрофа, знаете ли: кошмары по ночам преследуют, и душа болит.

— Милочка, да вы счастья своего не понимаете. Я вас уверяю, голова — не… ну, в общем, сами знаете что: голова поболит и перестанет.

— Так у меня не голова! Душа болит, кошмары преследуют…

— А, без разницы. Плюньте вы, всё само пройдёт. Вечером чайку, а ещё лучше — коньячку, водные процедуры и в постельку. Можно ещё прохладные компрессы.

— А компрессы куда?

— Куда-куда… на лоб.

Круизное судно оказалось на удивление маленьким, а народу на нём было много. И практически у каждого, кто постарше, болела душа или была депрессия.

«Томас Карлович, вы не можете нас подвести. Вы — самый элегантный пассажир на нашем судне, просим вас всем коллективом…» — старпом, который проводил занятия со шлюпочницами, лично пришёл к Томасу просить его согласия стать председателем жюри конкурса на титул королевы рейса.

В тот же день двое в приватном разговоре попросили его за своих жён, третий — за любовницу. Ещё один человек позвонил по внутреннему телефону в каюту.

— Это Паша. Привет!

— Здравствуйте, Паша. Чем обязан?

— А вы что, меня не узнаёте?

— Признаюсь, не очень.

— Ну, помните, вы ещё про плавки мои пошутили. Типа в таких штанах нужно не в бассейне плавать, а государственный гимн исполнять.

— А, ну извините, не хотел вас обидеть.

— Проехали. Я типа с просьбой хочу обратиться. Томас Карлович, тут малышка одна со мной плывёт, принцесса. Поможем ей стать королевой? Хорошая девочка, в торговый колледж поступать собирается.

— Всенепременно. Ежели жюри проголосует, обязательно сделаем её королевой.

— А можно нам на жюри поднажать немножко, чтобы не капризничали? Я отблагодарю.

— Невозможно. Это будет расценено как дача взятки должностному лицу. Я же по статье пойду.

— Да бросьте вы шутить, у нас вся страна на этом держится.

— Паша, заметьте, это ваша страна на этом держится.

— Ой, ну уж эти мне прибалты. Вы всегда воображали, я вас с детства терпеть не мог. Зря мы вас сорок лет кормили.

Жить в зените славы оказалось непросто, и Томас старался не показываться на людях. «Свечки» по-школьному хихикали при его приближении, две особенно смелые попросили у него автограф.

За обедом Митенька, не отрывая взгляда от прозрачной туники Амалии, спросил:

— А вы на конкурс придёте? Я за вас болеть буду.

Дмитрий молча поиграл желваками, Амалия порозовела, Евгеша начала обмахиваться салфеткой. Томас сослался на недомогание и ушёл ещё до того, как подали второе.

Глава 12

В списке заявивших о своём желании принять участие в битве за королевский титул Амалия значилась под номером четыре. В конце столбика с женскими именами каракулями было приписано: «Евгеша». Томас закрылся в своей каюте и решил не брать трубку местного телефона.

В дверь постучали, потом ещё и ещё раз.

— Кто там?

— Это я,— послышался тоненький голос Пятачка.

Томас усадил Амалию на свободную койку и сам, подобрав полы халата, уселся напротив.

Она молчала, опустив голову, волосы почти заслоняли её лицо, но он чувствовал на себе её взгляд.

— Амалия, не томите, что случилось?

— Мне надо с вами серьёзно поговорить.

«И для этого ты пришла ко мне практически в одних трусах, не считая этой прозрачной тряпки».

Амалия пересела к нему и осторожно дотронулась до его руки.

— Какое у вас интересное кольцо… Фамильное?

— Да, от прадедушки досталось. Передаётся по мужской линии.

— А можно мне посмотреть?

— Ради бога.

— Красивое… Ой, а что здесь написано? Не по-русски?

— По-латыни. «Dum spiro spero» — «Пока дышу, надеюсь». «Dum» не уместилось.

— А…

— Ну, хорошо, тогда так: «Надежда умирает последней».

— Теперь поняла! Я по телеку это слышала. Томас, мы знакомы уже несколько дней, и я… как бы вам сказать…

Её рука опять прошлась по пушистой шерсти чуть выше его широкого запястья.

«Ну вот, у меня есть всё то, о чём я мечтал. Взгляд из-под ресниц, робкое прикосновение тонкой руки, прозрачная туника. Мы одни, и никто помешать нам не может. И простынка, между прочим, ждёт своего часа».

Он поплотнее запахнул полы халата и пересел на свободную койку.

— Слушаю вас, любезнейшая Амалия.

— Вы обещали перейти на «ты». И горшочек мёду. И ещё говорили, что я грёза.

— Ах, дорогая, не будите во мне зверя. Говорите прямо, зачем пришли.

— Томас, а знаете, где я работаю?

— Да нет, конечно. Тайна сия велика есть.

— Я вам её открою. Я работаю инструктором по политико-воспитательной работе.

— Что?

— В СИЗО я работаю, с зеками. И я тогда вам всё наврала. Нету у меня мужа, есть Борька, прапор. Только замуж я за него не хочу. Я же красивая, мне даже блатняшки это говорят. Мне и должность эту дали не просто так, а за красоту, между прочим. И в партию тоже приняли на раз-два, а я ещё, как дура, переживала. Сказали, что при коммунизме всё должно быть красиво, ну, то есть прекрасно. Томас, а вы коммунист?

— Да как вам сказать… Бог миловал.

— А у нас в городе все приличные люди — коммунисты. Партий сейчас много, а такая — одна.

— И рад бы, но не могу не согласиться.

— Я, если к весне мужа не найду, в партком изберусь — это ведь тоже ход. Томас, в прошлом году здесь на конкурсе одну чувырлу польскую королевой сделали, и в позапрошлый раз я тоже зря сплавала — тогда любовница городской администрации победила.

— Так уж и всей администрации?

— Ой, да какая разница? Ну, был там какой-то вахлюй из Нижнего Тагила, доходяга, а девку с собой вёз — как будто год её сырым мясом откармливал — ну очень здоровую. И представляете, её сделали королевой рейса! Томас, мне надо победить. Ну, пожалуйста! Вы же будете председателем жюри, а вас тут все уважают, все знают, что вы психолог…

— Психотерапевт.

— Ой, да какая разница? А может, вы их загипнотизируете? Я на работе тоже, между прочим, занятия по гипнозу посещала. Чтобы воздействовать на сознание. Или на подсознание, уже забыла.

— Деточка, я всей душой вам сочувствую, но не могу. А что Борька? Почему бы вам за него не выйти?

— Нет, ну что вы, я же красивая. Я хочу за иностранца или за олигарха какого, пусть даже плохонького.

— О господи, да где ж их тут взять? Олигархи на таких судах не плавают.

— На суше найду. Мне, главное, королевой стать и титул получить — они же диплом с печатью выдают. Здесь народу мало, не то что в городе каком, конкуренция не та. Титул получу, а потом уже и статус появится. Ой, а можно я рядом с вами ещё посижу?

— Ой, я вас умоляю, не стоит беспокоиться. Знаете, давайте так договоримся: я предложу вашу кандидатуру. А дальше — как жюри решит.

— Да мне нужно, чтобы жюри решило так, как вы скажете. Я же про них всё уже знаю, они будут своих по блату протаскивать.

— Ну вот, а ведь вы меня, между прочим, о том же самом просите: чтобы я вас по блату протащил. Так ведь?

— Ну конечно, а как ещё? У нас в стране всё по блату.

— А как же «богоносная нация»?

— Да при чём тут это! Я в Бога верю, у меня даже духовник свой есть.

— Ну, а как же вы ему про этот подлог рассказывать будете? Это же грех, знаете ли.

— А я ему не расскажу.

— И какая цена такой исповеди, православная вы моя?

— А вы на нашу веру не замахивайтесь. Мы вас от Орды спасали, пока вы на своих хуторах отсиживались. Чухония. Томас Карлович, ну вы мне обещаете?

Ночью Томасу снилась Амалия в королевской мантии и короне. Но сидела она не на троне, а за обшарпанным столом и, направляя лампу ему в лицо, обзывала его чухонцем, требуя правды и только правды — как на исповеди. А Томас делал вид, что не понимает, о чём это она.

Проснулся он от света луны, которая заглядывала в иллюминатор.

«А вдруг все узнают, что никакой я не психотерапевт? Вот смеху-то будет. Больше всего, конечно, Евгешка с Амалией веселиться будут. Ну и Дмитрий…»

Глава 13

За завтраком он старался ни на кого не смотреть, ни с кем не разговаривать и, как жена Дмитрия накануне, ел овсянку на воде без масла и даже сахара. Почему ему хотелось так сурово наказать себя, он не понимал, но чувствовал, что так надо.

Евгеша была грустна, Митенька пристально рассматривал небесно-голубую прозрачную тунику Амалии, Амалия пила шампанское и молчала, а Дмитрий играл желваками и морщился. Разобравшись со своими протеинами, он, как обычно, кивнув головой в сторону стенки, вышел из ресторана.

Томас, прихватив с собой книжку, решил уйти подальше от всех на верхнюю палубу. За радость одиночества пришлось заплатить. Он уже перепачкал своё парадное махровое полотенце с эротическим орнаментом гудроном, который лез из швов между досками палубы, и уже понял, что противные тёмно-коричневые пятна на нежно-шелковистой махре — это навсегда.

Хотелось, чтобы этот дурацкий конкурс, судить который его припахали неизвестно за какие грехи, уже прошёл, чтобы поскорее забылись все выслушанные за последние два дня и комплименты, и просьбы.

«Господи, ну зачем я всё это затеял? Ну, не мудрил бы, назвался как есть, проктологом, да кто ж меня после этого стал в это жюри звать?»

Сквозь сомкнутые веки он почувствовал нависшую над собой тень. Раздался глубокий вздох.

— Томас Карлович, я могу с вами поговорить?

«Нет, только не это. Я не смогу, я сорвусь, наговорю грубостей, а после этого выброшусь за борт».

— Да, Евгения, слушаю вас.

— Томас, у меня к вам очень и очень деликатный вопрос. Даже не знаю, как начать.

— Вы о конкурсе?

— Могу ли я присесть рядом с вами?

«Интересно, а за руку она меня тоже будет брать? А может, отвести её в каюту и употребить по назначению? В конце концов, она порядочная, смешная, застенчивая женщина, мучается от комплексов и нереализованных желаний. И ноги у неё не волосатые».

— Вы знаете, Евгения, уместнее было бы спросить: «Могу ли я прилечь рядом с вами», извините, конечно. Здесь же голые доски, причём они мажутся. И я уже полотенце новое угваздал.

Тяжело кряхтя, он сел, накинул на плечи халат и обнял себя за колени. Рядом, подвернув под себя ноги, пристроилась Евгеша.

— Ничего, что мы с вами тут уединились? От Дмитрия вам не влетит? Он у вас серьёзный мужчина.

— Он в каюте лежит, у него депрессия. Может быть, вы попробуете ему помочь — воздействовать на его психологическое поле?

— Ох, ваш Дмитрий — твёрдый орешек, вон как каждый раз желваками играет, через бороду видно. Пошлёт он меня куда подальше с моим психологическим воздействием.

— Вы его совсем не понимаете. Он очень ранимый и тонкий человек. И психологическая помощь ему действительно нужна. И мне тоже.

— А что за беда?

Евгеша сделала большие глаза, огляделась вокруг, переждала, пока мимо прошёл матрос с шваброй в руке, и прошептала:

— Это невыносимо. Я уже на пределе сил, у меня самой будет нервный срыв. И тогда вам придётся лечить ещё и меня. Пожалуйста, зайдите к нам в каюту, поговорите с ним. Понимаете, он считает, что вы один можете его понять. Хотя на самом деле никакая у него не депрессия, а просто мания величия. Вы не поверите, но когда-то он был совсем другим. А потом ему как-то насоветовали бороду отрастить, и выяснилось, что он — копия Николая Второго. Да я же первая была, кто ему об этом сказал. Вот дура, правда?

— Ни в коем разе, Евгения.

— Спасибо. И на работе его тоже сразу же стали звать «царь». А у них клиенты — люди специфические, сплошные князья да графы, и все ему твердят: «Ну, вылитый царь». Так он теперь их поправляет: «Не царь, а российский император».

— Он что, в дворянском собрании трудится?

— Ах, да нет же! Его фирма титулами торгует — продаёт родословные. У нас в России вся попса ими уже обзавелась. Томас, а хотите, я ему скажу, он и для вас что-нибудь подходящее найдёт? Какой-нибудь Тевтонский орден?

— Премного благодарен, надо будет подумать, что лучше выбрать.

— Да что угодно, хоть герцога. У нас риелторша знакомая теперь баронесса.

— Это смелое решение. Так что Дмитрий?

— Он теперь по выходным геральдику изучает, фотографии старые собирает, какие-то железки на толкучке купил. Про восстановление монархии несколько раз уже мне рассказывал. И ведёт себя так, как будто я — его свита, а он — «Ваше величество».

Ну ничего нельзя сказать: только рот откроешь, а он сразу: «Я — всё — знаю». И боже упаси ему возразить… Иногда так хочется поговорить по-человечески, но, как подумаю, что «он всё знает», сразу всякое желание пропадает… А стоит ему со своим «всё знаю» в дурацкое положение попасть, сразу же заявляет: «Я тоже человек и могу ошибаться». Знаете, что теперь он от меня требует? «Ты должна ловить каждое моё слово!» А если переспрашиваю, не отвечает…

Вот вы про имя моё спрашивали. Раньше он меня Женечкой звал, а потом где-то откопал, что фрейлину одну при дворе Евгешей называли. И всё, теперь я тоже Евгеша. А почему он так за столом держится? Да потому что он нас всех презирает, этот сумасшедший идиот, простите меня за откровенность.

Я, Томас Карлович, честно вам признаюсь: терплю из последних сил, только чтобы на скандал не нарываться. Вот круиз этот дурацкий закончится, и уеду я от него в Озерки к маме. Она за Митькой будет смотреть, а я на работу устроюсь. Учитель музыки везде нужен, правда? Я уже всё решила. Так что это моя прощальная гастроль. Я вас тут подожду, ладно?

Она уже смахивала мизинцем слёзы со щёк и искала, чем вытереть нос.

Глава 14

Есть не хотелось, пиво пить тоже не хотелось. Также не хотелось лежать или сидеть. Загорать и плавать не тянуло вовсе. Начитанный Томас напоминал себе «отсиженную ногу» из известного рассказа Ираклия Андроникова. Даже арахисовая халва, после того как Томас побывал у Дмитрия, не радовала. В памяти, как крючок в рыбьей губе, застряли подробности их разговора.

— Дмитрий, я войду, с вашего разрешения? Мне ваша супруга передала, что вы хотели меня видеть. Так что я весь внимание. Как здоровье?

— Неважно. Да вы садитесь, доктор. Евгения далеко?

— На палубе сидит, мои вещи караулит. Знаете, здесь охотников много, а у меня полотенце новое, дорогое.

Томасу странно было видеть Дмитрия лежащим на боку с подобранными к груди ногами. Он напоминал ребёнка, у которого болит зуб или ухо и который держится из последних сил, но вот-вот начнёт плакать в голос.

— Рад вам помочь. Давайте проведём сеанс психотерапии, поговорим по душам.

— Доктор, какая там душа, у меня боли жуткие. Дышать боюсь.

— Ах, не дай бог, это астения…

— Холодно, доктор, холодно.

— Дмитрий, не говорите загадками, даром ясновидения я пока не обладаю.

— Томас Карлович, я в Западном военном округе служил, капитаном.

— А как же… извините… Супруга ваша сказывала, что вы в бизнесе трудитесь.

— Тружусь. А до этого служил в Западном округе.

— Н-да? И при чём тут я?

— При том. Вы же сами меня и лечили. Я вас не сразу узнал — вы так изменились! Ну, вспомните меня, я тогда тоже без бороды был. Бородкин я, Дмитрий Бородкин. Вы ещё тогда сказали, что с такой фамилией мне обязательно нужна бородка. Вот я, когда демобилизовался, и отрастил её.

— Дмитрий, э… как бы это сказать… а может, вы обознались? Может, это был не я?

— Пожалуйста, я не возражаю.

— Да уж, друг мой, признаюсь, очень меня обяжете. А то как-то несолидно. Это очень между нами, ладно? Я ведь и сам не так давно со службы ушёл. В Тарту переехал, а потом жена умерла, а потом меня такая хандра накрыла, хоть волком вой. И надоумил меня один приятель развеяться по-холостяцки. А тут, понимаешь, такая неприятность: ну как я с такой профессией буду с дамами знакомиться? Вот и решил на время переквалифицироваться. Кто же знал, что я своего пациента тут встречу? Ах, как неловко…

— Ничего, я вас не выдам.

— Спасибо, голубчик. Так я не понял: Евгения упоминала о каких-то проблемах психологического толка…

— Это я вру ей, что у меня депрессия, — давно уже. Вы, кстати, тогда очень хорошо мне помогли, я потому вас и запомнил. Она надеется, что на меня психологически можно воздействовать. А я ни под каким видом не могу ей правду сказать. Тем более теперь, когда все видят, что я на государя императора похож. Я просто не имею права болеть такими неприличными заболеваниями.

— Да, не царское это дело… Но — «ближе к телу»: на что жалуемся, больной?

Узнать о подробностях их дальнейшего разговора возможным не представляется. Нет. Ни за что.

Прощаясь, Дмитрий просительно заглянул Томасу в глаза.

— Томас Карлович, тут ещё одно дело. «Последняя воля умирающего»: поговорите, пожалуйста, с моей женой. Ну, как психотерапевт. Она же королевой рейса решила стать! Вчера заявила мне, что тоже хочет иметь свой собственный титул.

А я вам вот что скажу: это у неё синдром бывшей красавицы. Уверена, что её до сих пор все должны алкать и вожделеть. Она поэтому и утопленницу эту, Амалию, терпеть не может. Вот и вас взялась очаровывать, вы заметили? Томас Карлович, только, пожалуйста, о моих проблемах ей ни слова. А я про вас ничего не расскажу. Ладно?

— Замётано. Но от разговора, голубчик, меня увольте. С женщинами на эти темы говорить не умею, и вообще, я не по этой части. Знаете, кольцо, платочек — это всё только имидж, как Аделька выражается. Девушка такая у нас в Тарту работает, веночек из васильков носит. Забавная… Так что простите меня великодушно, но с королевами разбираться — это не моё.

Глава 15

Он проснулся очень рано и долго лежал, не раскрывая глаз. Солнце просвечивало сквозь веки и дробилось на чёрно-жёлтые геометрические фигуры. Наступил последний день морского путешествия, можно было подводить итоги.

Больше он не увидит ни Амалию, ни Евгешу, ни Митеньку, ни своего бывшего пациента Дмитрия Бородкина. И уж точно не придётся ему когда-либо залезать в шлюпки и слушать, как спасаться в случае кораблекрушения.

Стоянки в портах и выход на берег для осмотра достопримечательностей тоже позади. Натёртые ноги когда-нибудь заживут, потому что не станет он больше ходить по чужим улицам, изображая интерес к чужой жизни и бдительно прижимая к животу фотоаппарат.

«Вернусь — сразу на рыбалку пойду. А как там без меня мой петька, как курочки, кормилицы мои? Соскучились, поди. И вообще, как хорошо дома! Утром три яичка сварил, масла на хлебушек положил и до вечера свободен: хочешь — траву коси, хочешь — сушняк обрезай. А вечером с книжечкой под лампой настольной уютно так посидел, чаю с вареньем попил. И никаких тебе чизкейков с шампанским. И никаких тебе императоров, королев и конкурсов дурацких, господи, как хорошо-то, что он уже прошёл!»

Претендентки на корону должны были по своему выбору исполнить какой-нибудь музыкальный номер. Рыжая девушка из Перми станцевала вечно молодую ламбаду, а помогал ей

Паша. Девушка из Екатеринбурга спела песню из репертуара певицы Алсу.

Амалия не пела и не танцевала. Под музыку из знаменитого эротического фильма она исполнила несколько гимнастических упражнений. Длинное, гибкое тело в тунике бирюзового цвета напоминало морские водоросли. Щёки её раскраснелись, обычно гладкие волосы растрепались, и в какой-то момент она даже понравилась Томасу.

Евгеша шла замыкающей. Она была в том же платье с розой и с узким бокалом в руке. У дверей зала стоял, засунув руки в карманы и мрачно глядя в сторону, Дмитрий.

— Мне уже много лет, и я знаю, что никогда не стану королевой рейса. Но это не имеет значения... Главное ведь — это не победа, да? А участие... Голоса у меня нет, зато слух неплохой. Это будет декламация под музыку. Я вам исполню мой любимый романс.

Томас приготовился к худшему: «Неужто про свою чёрную моль затянет?»

— Да, мой любимый романс: «Так дымно»... Вернее, это песня. Но мне уже всё равно.

Послышалась россыпь аккордов, потом музыка замерла. Корабельный тапёр ждал.

Первые несколько строк она проговорила в микрофон полушёпотом:

«Так дымно, что в зеркале нет отраженья И даже напротив не видно лица, И пары успели устать от круженья, — Но всё-таки я допою до конца!»

На припеве голос её стал немного громче:

«Минутный порыв говорить — пропал, — И лучше мне молча допить бокал...»

Пианист тихо наигрывал, а Евгеша с низко опущенной головой прошлась по маленькой эстраде, потом помедлила и опять подошла к микрофону.

Она уже не прятала от зала глаза: «В оркестре играют устало, сбиваясь, Смыкается круг — не порвать мне кольца… Спокойно! Мне лучше уйти улыбаясь, — И всё-таки я допою до конца!»

Ещё один круг по эстраде, а потом вдруг низким голосом с угрожающими интонациями:

«Все нужные ноты давно сыграли, Сгорело, погасло вино в бокале, Тусклей, равнодушней оскал зеркал… И лучше мне просто разбить бокал!»

И на круизном судне «Одиноков» одним бокалом стало меньше.

Голоса жюри разделились. Старпом и судовой радиоинженер со знанием английского языка были за Евгешу.

Одинокая «свечка», которой Амалия ещё недавно собиралась «треснуть веслом по башке», и завредакцией информации из областной газеты попросили за Пашу.

И ещё двое пассажиров из тех, что с государственной символикой, проголосовали за Амалию.

«Ах, как нехорошо получается. А мне в какую сторону плыть? И туда плохо, и сюда нехорошо. Они же вроде обе как мои, они же на меня надеются. Евгешка, правда, удержалась, ни о чём не попросила. Зато на сцене высказала всё — и как! А что тогда с Офелией делать?»

Председатель жюри конкурса Томас Карлович попытался было от голосования уклониться, но через несколько минут, тяжело вздыхая и вытирая шею шейным же платком, сдался.

— Ну что же, господа, в конце концов, мы выбираем не королеву красоты, а королеву рейса… А можно о решении жюри сообщит кто-нибудь другой? Я человек не публичный…

Эпилог

…Томас почувствовал, что клеткам головного мозга необходимо питание и пора готовиться к последнему совместному завтраку.

Он поднялся с койки, подошёл к зеркалу и острыми медицинскими ножницами отрезал свой хвостик. Подравнял оставшиеся волосы, сбрил бородку, упавшие в раковину седые пряди аккуратно собрал на бумажку, выбросил их в урну и открыл чемодан.

В маленькое отделение он положил трубку, кольцо и шейный платок, в большое — модные укороченные штаны вместе с другими обновками и вынул свою старую тенниску, брюки, сандалии и заначенную пачку сигарет.

Потом потёр непривычно голую щёку и вернул кольцо на стол. А ещё через минуту достал красиво упакованную простынку бордового цвета. На ярлыке её расплывчатым шрифтом было набрано: «Queen», а дальше — какая-то абракадабра.

«Кольцо Офелии подарю, там и надпись для неё подходящая, а простынку надо будет Евгешке отдать. На память. Чай, королева всё-таки…»

С точки зрения моей старинной подруги, я — полный отстой. У Виктории есть принципы, и они её никогда не подводят. А у меня вместо них — угодливое виляние хвостом. Я заискиваю, потому что не понимаю, что это такое. А не понимаю, потому что у меня их нет, и свои выборы я совершаю, как правило, интуитивно. Хотя потом часто об этом жалею.

Главный принцип моей подруги — во всём следовать своим принципам. Когда она начинает со мной об этом говорить, у меня начинает болеть голова. Виктория имеет свою систему ценностей. Она мне давно известна, и за время нашей дружбы я выучила её наизусть. И даже классифицировала.

Профессиональное:
Технари — трудяги и порядочные люди.
Гуманитарии — дешёвые пижоны и бездельники.
Соответственно, Виктория окончила автодорожный, а я — истфак, отделение искусствоведения. Я — специалист по древним амфорам.
Реально с моим дипломом и в моём возрасте можно трудоустроиться — это если по блату, в корпоративный бизнес на позицию офис-менеджера, читай завхоза, или секретарём в предбанник к начальнику.

Но мне повезло: я работаю руководителем. То есть я руковожу художественным кружком при районной детской студии, что в подвале соседнего дома.

Развлечения:

Все порядочные люди любят джаз. Не любить джаз неприлично и стыдно. Виктория гордится тем, что на последние деньги они с мужем ходят на концерты джазовой музыки.

Я, попав туда, каждый раз вспоминаю, что не в деньгах счастье, и прошусь на волю, поскольку через три минуты у меня начинает болеть голова.

Привязанности:

На ахматовское «Собака или кошка?» моя подруга давно уже ответила. Хорошие люди любят собак, плохие — кошек. Поэтому в доме Виктории всегда живут собаки. И в её присутствии я стыжусь своей любви к кошкам, а после начинаю стыдиться того, что стыжусь.

Личная жизнь:

Мужа надо выбирать послушного, жена должна командовать и им, и домом, поскольку от мужиков толку всё равно нет никакого: бесполезный субстрат.

Соответственно, у неё муж один и на всю оставшуюся жизнь. Так решила Виктория.

Меня никогда до командных высот не допускали. Так нравилось всем моим мужьям, и так нравилось мне. А сейчас мной помыкать некому, и я ощущаю нехватку твёрдой мужской руки.

Виктория считает, что полноценная женщина должна иметь любовника. Так поступала её старшая сестра. У меня любовников нет. Сама не знаю почему.

Борьба за красоту:

Моя школьная подруга — сторонник естественной красоты. Запах женщины для неё — это её собственный запах, а не духи с дезодорантами. Косметику она не признаёт, ест что, сколько и когда хочет. Она говорит, что зад у женщины должен быть. И чем больше, тем лучше.

В зеркало она смотрится, только когда умывается. И не беспокоится о своей внешности, поскольку знает, что муж её любит любой.

У меня косметика — вторая кожа, в любой поездке полчемодана у меня занимают лаки, лосьоны, кремы и прочие флакончики и баночки.

Я заглядываю в любое своё отражение и всегда переживаю, что выгляжу недостаточно хорошо.

Женские штучки по дому:

Вся эта возня по наведению красоты, цветочки, прихваточки, вазочки, подушечки — удел идиоток и мещанок, типа меня. Виктория любит технику — домашнюю и офисную.

Однажды, когда у неё вдруг появились деньги, Виктория потратила их не на ремонт, а на дорогущий тогда компьютер. Хотя в её доме ужас начинается не в подъезде, а за порогом квартиры. А подъезд на этом фоне кажется будуаром мадам де Помпадур, подготовленным к приходу туда Людовика XIV. Короля-солнца…

И главное, что нас разъединяет уже сорок лет, — это то, что умные люди называют «целеполагание». «Целеполагание» Виктории — чёткое и конкретное, что, впрочем, почти одно и то же. Многого ей не надо, но и своего она никому отдавать не собирается. Виктория ценит свою синицу в руке.

Меня мой журавль совсем не любит. Много раз в жизни он меня поднимал на высоту только для того, чтобы понаблюдать, как я буду падать. Иногда — как будто случайно выпав из самолёта: нелепо размахивая всеми четырьмя конечностями и с ужасом глядя на неотвратимо приближающуюся земную твердь. Иногда — как будто дав кому-то обязательство упасть, а вернее, пасть как можно ниже за максимально короткий промежуток времени.

Но всё равно каждый раз, собрав себя по кусочкам, я отряхиваю с коленок налипшую грязь и траву и жду, когда этот подлый обманщик прилетит опять. Обычно он не торопится. Он знает, что соперников у него нет. Синица меня не интересует. А своё «целеполагание» я даже сформулировать как следует не могу.

Мы идём по центру Москвы и ищем музей кукол. Ничего более бесполезного, на взгляд моей подруги, придумать невозможно. И пойти туда она согласилась только ради меня. Виктория, как только подросли её дети, все игрушки из дома выбросила.

Моих плюшевых медвежат, зайчиков и котят она презирает и называет их «пылесборники». Мою старую тряпичную Алису, которой я самостоятельно сделала косметическую операцию на лице, Виктория замечать отказывается.

Авторские куклы для взрослых — это то, что ставит её в тупик. Бесполезная, трудоёмкая, дорогостоящая вещь.

В галерею кукол «Вахтанговъ» в Центральном доме художников я прихожу, чтобы очиститься от суеты и скверны. Когда я смотрю на фарфоровые лица с неестественно большими и грустными глазами, я каждый раз пытаюсь понять, о чём они молчат.

И мне кажется, что по ночам, когда залы огромного здания пустеют, эти загадочные существа в изысканных воздушных нарядах оживают. Маленькими, лёгкими шажками они сходят с подставок, на которых указаны их имена, и начинают кружиться в воздухе, счастливые от того, что можно говорить, смеяться и гоняться друг за другом.

Мне так хочется там остаться, спрятаться и дождаться ночи. И всё увидеть своими глазами. Я до сих пор верю, что в наше отсутствие они ведут себя так, как в сказках Андерсена. Они — живые, и у каждой есть своя история.

Может быть, поэтому я люблю старинные и просто старые вещи. Те, у которых есть своё прошлое. Это касается не только домашней обстановки, но и моих личных вещей, которые я ношу или которыми я пользуюсь.

У меня есть свитер, который мне купили в третьем классе. Не знаю, как так получилось, что он до сих пор живёт у меня в шкафу. Ему давно присвоено звание раритета. И самое удивительное, что я до сих пор могу его надеть. Потому что всё это время я росла и росла в длину. А в ширину вырасти забыла.

А ещё у меня есть домашний халат, который в девятом классе мне сшила бабушка. У него (где ты, Семён Семёныч Горбунков?) действительно перламутровые пуговицы, которые бабушка спорола со своего платья, и рукава с широкими манжетами. Когда-то он был голубым и байковым. Сейчас он больше напоминает мне марлю — такой тонкой и прозрачной стала ткань.

Ну как же я могу с ними расстаться? Они прошли со мной бо́льшую часть моей жизни. Они — мои старые товарищи. Когда мне плохо и одиноко, я надеваю свитер и сразу чувствую себя маленькой. Или же вспоминаю себя постарше, когда я сидела в новеньком халате перед окном и ждала, когда взойдёт солнце. Начинался мой шестнадцатый день рождения, и мне хотелось попрощаться со своей молодостью. В глубокой печали я плакала и вытирала глаза и нос широким рукавом.

Мой брат живёт в окружении мебели наших дедушки и бабушки. Когда я как-то предложила отдать эти дрова на Мосфильм, брат побледнел и сказал, что это, конечно, можно, но только через его труп. Что он с этими комодами, креслами и этажерками вырос и с ними же хочет умереть. Так что мои свитер с халатом можно считать лишь лёгкой формой семейного недуга.

Итак, мы идём по старым московским улицам, и я удивляюсь тому, что они ещё существуют. В детстве мы с Викторией так же ходили в библиотеку. Встречались у остановки, и по дороге она должна была мне рассказать содержание книги, которую прочитала. Дело было не в сюжете. Мне хотелось, чтобы моя подруга поняла то, что не проговаривается словами. Когда я начинала ей это объяснять, она просила показать мне строчки, где я это обнаружила. Сделать я этого обычно не могла, потому что книги, кажется мне, как куклы из галереи «Вахтанговъ». Они тоже молчат или прячутся за чёрные буквы на белой бумаге. И открываться каждому, кто взял их в руки, не спешат. Уловить их потаённый смысл — такое же чудо, как увидеть порхающие по комнате маленькие существа с синими или зелёными грустными глазами и почти живыми фарфоровыми лицами.

Мы молчим, потому что взаимное раздражение уже начало заполнять пространство вокруг нас. И сильно хочется есть.

Тут, конечно, сразу вспоминается «И сильно хочется пить…» из Бродского. Но нам хочется есть.

Я мстительно придумываю варианты в продолжение ахматовскому тесту: «Сад или огород?» Конечно, я — сад, может быть, даже «Вишнёвый», и сама я — нелепая и трагическая женщина, почти как Раневская. А моя школьная подруга — огород, навоз и компост. Зачем мы встречаемся? Мы же с разных планет, и никакого притяжения у них нет. Только силы отталкивания. На моей планете цветёт одинокая гордая роза, а на её — кабачки.

У одной из скамеек сквера, по которому мы идём, Виктория останавливается и достаёт из здоровенной кошёлки, которую носит вместо дамской сумки, пакет с помидорами. Они разного цвета и размера. Там же, в недрах её «ридикюля», находится и половина буханки бородинского хлеба. А потому что время обеденное и лучше съесть свой натуральный продукт, чем травиться в какой-нибудь пиццерии.

Мы сидим на лавочке в сквере, как два старых алкоголика, решивших сообразить на двоих. На коленях у меня мятая газета — опять же из сумищи моей подруги. Помидоры не только пахучие, они сахарные по срезу, блестящие и упругие, и их можно откусывать, как яблоко. Потому как — свои. И хлеб, можно подумать, она тоже сама испекла. Нет, всё-таки на своей планете мне нужно будет немного потеснить мою розу, пусть там ещё будет и небольшой огородик.

Я поставлю на подоконники луковицы в ёмкостях с водой. И через неделю из них покажутся зелёные стрелки. В цветочных горшках у меня начнут плодоносить помидоры и огурцы. А на зиму я стану закручивать собственные патиссончики в трёхлитровые банки.

Я научусь радоваться простым и очевидным вещам. И больше не позволю своей голенастой и носатой птице обманывать меня.

И, как мои любимые куклы из галереи «Вахтанговъ», я буду молчать о том, как странно и непонятно устроена жизнь и как притягателен мир, в котором есть красота и тайна.

Оставшийся хлеб Виктория покрошила голубям и попросила проводить её до метро. На сегодня наша прогулка была окончена, в музей кукол мне придётся идти одной, а с неё довольно и того, что она уже услышала.

На прощание моя подруга мне сказала, что ничего никогда у меня не получится. И что все помидоры с огурцами у меня загнутся на корню. А лук я наверняка запихну в воду вверх тормашками, как в какой-то старой рекламе. И ещё я узнала, что похожа на свою Алису: такая же старая и тряпичная. И бесполезная.

И я пошла в музей кукол одна. Настроение у меня было хорошее. Дома меня ждали мой рыжий кот Тимофей, вполне себе живой и настоящий, и моя старая тряпичная кукла, всегда тёплая и мягкая, которая, как и мой свитер, тоже прожила со мной долгую жизнь. Когда-то я придумала ей это сказочное имя — Алиса. Оно из той самой «Страны чудес», в которую я до сих пор верю.

Готовиться к ужину нужно основательно. Во-первых, заранее наесться дома, чтобы в ресторане снисходительно водить вилкой по тарелке и демонстрировать интерес исключительно к интеллектуальной составляющей мероприятия.

Во-вторых, подумать о красоте. В моём случае она должна была стать страшной силой: душ, кремы, дезодоранты, свежий маникюр. Педикюр можно оставить и старый, под сапогами вполне сойдёт. Не собираюсь же я голая при луне танцевать на столах.

Теперь намазаться. Хотелось бы просто хорошо выглядеть, не обнаруживая излишнюю старательность, а потому — светлые тени. Говорят, когда глаза оттеняются светлой линией, то молодеют и сами глаза, и даже взгляд.

Потом накрасить мои бесцветные ресницы, слегка наложить румяна на вечно бледную физиономию и обвести контурным карандашом рот, который, если уже говорить честно, тоже у меня не удался. Бывают выразительные рты с поднятыми уголками, как у Софи Лорен, бывают полуоткрытые припухшие губки, как у Брижит Бардо. А бывают невыразительные, как у меня. Хотя, может быть, мне это просто кажется.

Я, вообще-то, вся состою из комплексов и по этой причине подозреваю всех вокруг в том же самом: в том, что все комплексуют, но об этом просто молчат. Я не молчу: я комплексую и говорю. Однажды я сказала одному своему знакомому, что у меня нет комплексов по поводу того, что у меня есть комплексы. Три раза человек переспрашивал, прежде чем до него дошло.

Хотелось бы мне посмотреть на того, кто искренно был бы доволен всем в себе самом. Хотя нет, это я погорячилась, потому что имею в виду женщин. А у мужчин всё может быть и по-другому.

Давно, ещё на советской работе у меня была подруга — красивая и стильная девушка, которая тем не менее всерьёз мечтала изменить в себе всё. Я на том этапе жизненного пути тоже была не против какой-нибудь зверской операции, после которой меня не всякий бы узнал. И вот как-то решили мы с ней поговорить на эту болезненную тему с нашим экспедитором.

Этот Жоркин был смешливый, остроумный и удивительно бестолковый по части исполнения своих прямых служебных обязанностей. Так иногда бывает. У человека есть какой-то один вид ума, а другой как будто выдан ему по остаточному принципу. Правда, бывает и так, что в очереди на раздачу умственных способностей кто-то оказывается последним и ему не достаётся ничего.

Когда однажды Жоркин представил нашему начальнику объяснительную о причинах опоздания на работу, мы получили бесплатное представление, а начальник — возможность добавить в каракули, нацарапанные на смятой бумажке, кучу лишних запятых, а в слове «фекалии» вставить вторую букву «л».

А Жоркин, пропитанный вчерашними тремя литрами пива, написал, что утром он ждал очереди в туалет, а потом, когда канализация не справилась с нагрузкой, собирал плавающие «фекаллии» в своей многонаселённой коммунальной квартире. И поэтому опоздал на работу.

Жоркин — маленький, шейка у него в фиолетовых фурункулах, а ушки оттопыренные. Волос уже почти нет, несмотря на его младенческие двадцать восемь лет, а вместо них — сальные три пера и много роскошной пушистой перхоти. Носик всегда блестит, щёчки в старых рубцах и свежих прыщах. Но это ещё не всё. Зубы — о них лучше не упоминать. Очки сползают с переносицы, и каждые три минуты он возвращает их на место указательным пальчиком с коротеньким грязным ногтем. Ручки влажные, ножки — тридцать девятого размера. Летом он ходит в ситцевой кепочке, больше похожей на детскую панамку, зимой — в облысевшей ушанке, которую нежно называет «будёновкой».

И вот у этого Жоркина мы с подругой осторожно поинтересовались, что бы он хотел — в смысле внешности — в себе изменить. Жоркин шмыгнул носом, вернул очки на переносицу и посмотрел на нас с изумлением: он не стеснялся своей внешности, он ею гордился.

Вообще, я давно заметила, что человек всегда найдёт чем ему гордиться. Одна гордится тем, что в булочную не выйдет, не накрасив ресниц. А другая гордится тем, что у неё всё по-настоящему, без помад и лаков.

Лично я горжусь тем, что в доме у меня чисто. И для меня унитаз — это лицо хозяйки. А моя школьная подруга презирает такой мещанский подход. Она гордится тем, что, когда появилась возможность сделать ремонт, все деньги она потратила на дорогущую оргтехнику.

Я знаю одного алкоголика, который гордится тем, что у него узкая нога и он не снашивает обувь по многу лет, подводя каждый раз к тому, что у хорошего человека обувь живёт долго, а у разных гнид — за месяц сгорает. У меня она, между прочим, именно сгорает.

Но сильнее всего люди, по-моему, гордятся своими несчастьями и болезнями. Когда несколько лет назад я случайно встретила в поликлинике одну знакомую даму, та сходу начала мне рассказывать про свои неприятности. Через полчаса я решила предпринять ответный демарш и, набросав на бумаге карту-схему проблемных точек своего организма, одержала убедительную победу. У меня их оказалось больше!

Однажды, в те далёкие поры, когда я была одинокая и неустроенная, мы с моей сослуживицей затеяли пельмени. Когда долго живёшь вдали от родины, то начинаешь её любить гораздо сильнее. Трогательными кажутся обычаи, милые предрассудки и национальные пристрастия. Поэтому наши люди за границей самозабвенно красят на Пасху яйца, святят куличи, ставят на полки гжель и варят борщи.

Мы решили организовать ужин безо всяких видимых к тому причин и предлогов. Никакой романтики, никаких сердечных болей. Только старые проверенные бойцы из сослуживцев и их законные супруги. Проект был амбициозный. Ещё на работе мы объявили, что душа просит праздника и что на себя мы берём главную задачу: лепим пельмени. Остальные должны обеспечить напитки, закуску и подходящую жилплощадь.

Я считала себя в этом деле асом, Галька была легко обучаемым экземпляром, хотя, как и всё, что она делала, пельмени она лепила с педантичностью старой девы и мужским математическим подходом к этому сугубо творческому процессу.

Пока она строго по весам отмеряла ингредиенты фарша, я на глаз замесила тесто в тазике, и мы начали. Задача была — по количеству пельменей сделать как можно больше, а по размеру — как можно меньше. В каждый пельмень мы вкладывали, что называется, душу. Есть и оценивать будут наши коллеги, а главное — их жёны. Очень хотелось отличиться и, кстати, показать, что мы не хуже их. Что там ни говори, а скрытый антагонизм между нами — одинокими неустроенными девушками и благополучными жёнами наших товарищей по работе — имел место.

Начали готовиться мы ещё утром. Чтобы дело лучше спорилось, в магазине прихватили пива. Мы лепили и говорили обо всём на свете. И хотя темы нашей задушевной беседы были окрашены в самые нейтральные тона, напряжение на кухне почему-то сгущалось, пока не зависло под потолком тяжёлым недобрым облаком.

Я чрезвычайно гордилась своими успехами у мужской части нашего коллектива соотечественников, а Галька гордилась прямо противоположным. Я исходила из того, что она не грешит, потому что не может, а она — из того, что не хочет. Говорить об этом было трудно, но хотелось и ей, и мне. Я слегка презирала свою коллегу за пресность и ханжество, она меня — за беспутство и неразборчивость. И каждая из нас считала себя правой.

Но вернёмся к пельменям. Весь день мы лепили их, как две автоматические линии. Есть хотелось ужасно, но мы держались, чтобы не перебивать аппетит. Зато пиво под разговоры шло хорошо. В семь вечера мы были готовы притащить нашу бадью с дымящимися пельменями туда, где нас уже ждал стол с ледяной водкой, зелёным луком и солёными огурцами. Путь по лестнице с четвёртого на второй этаж мы преодолели благополучно, но с трудом. Оказалось, что пиво на пустой желудок влияет самым подлым образом. Торжественно, под голодные восторженные вопли мы высыпали пельмени на огромное блюдо, позаимствованное у нашего посольского повара, и праздник начался. Правду о том, как он проходил, я уже не узнаю никогда. Некоторые утверждают, что, когда меня пытались сдвинуть с места и довести до ближайшего лежбища, я упиралась и требовала «продолжения банкета». А пельмени мы с моей соавторшей так и не попробовали. Наши коллеги вместе со своими жёнами съели всё без нас.

Но это было давно, и человек, который сегодня пригласил меня в ресторан на престижной 57-й улице, не должен об этом знать. С этим типом у меня старые счёты. Это я сейчас благополучная жена и большой начальник. Это сейчас я приехала, как большая, в командировку. У меня всё по-взрослому: есть номер в гостинице, приличные суточные и плотный график переговоров с будущими партнёрами по бизнесу.

На самом деле всё это так, для прессы, если бы вдруг она мной заинтересовалась. Это всё внешние, не имеющие ко мне отношения обстоятельства. В душе я всё равно трушу и удивляюсь, как меня вообще могли куда-то послать. Вот именно. Странно, что не туда.

Удивительно, но мечты действительно иногда сбываются: Америка, командировка, переговоры… Неужели это про меня? Неужели это я так безупречно корректна с теми, кто находится под моим чутким руководством?

Увы, но я давно заметила в себе постыдное мстительное чувство по отношению к тем, кто находится в том положении, в котором когда-то находилась я сама.

Однажды, когда я уже вовсю делала карьеру в одной инофирме, ко мне на собеседование пришла какая-то девица. Она стояла между столами, всем мешала и не знала, куда деться. Всем было наплевать, и никто не предложил ей ни сесть, ни подождать где-то в другом месте. Я изо всех сил делала вид, что очень занята. Она прижимала к животу плащ с сумкой и затравленно оглядывалась. А я испытывала мстительное удовлетворение от того, что она находится в таком дурацком положении.

Потом в комнату зачем-то зашёл мой сослуживец, пожилой англичанин. Он поздоровался с девицей и спросил, почему она стоит, как пень, посреди комнаты. Нашёл ей свободный стул, забрал её плащ и предложил кофе. Мой садистский задор быстро выдохся, и вскоре я соизволила её принять и поговорить с ней.

Когда она наконец исчезла, этот самый англичанин очень мягко и с сожалением спросил меня, почему я делала вид, что не понимаю этой нелепой ситуации. Я тупо настаивала на том, что мне было не до девицы и что я была слишком занята.

— This is not true, — прозвучало его унылое заключение.

Когда я начала анализировать этот эпизод, то вынуждена была вспомнить, что когда-то и сама оказалась в такой же ситуации. Принять меня не могли, все просили подождать «ещё чуть-чуть». Время медленно тянулось, а я стояла у стены и не знала, куда деться, зажатая любопытными взглядами и волнением. Может быть, тогда тоже кто-то просто тешил своё больное тщеславие?

Да… Интересно, оторвусь я когда-нибудь от этого зеркала? Хочу хорошо выглядеть. Хочу, чтобы этот тип остолбенел и понял, как такую красоту раньше высокомерно не замечал. Но это должно быть не только красиво, но и респектабельно.

Хорошо, что в Нью-Йорке есть магазин «Syms». Туда любят приходить большими семьями, с детьми в колясках, детским питанием и игрушками. Говорят в основном по-английски, но иногда можно услышать: «Соломон, хватит уже тянуть резинку из трусов, скажи наконец, каков твой чойс?»

Это даже не магазин, а склад забытых временем вещей, которые продаются со скидкой. Всё, что давно вышло из моды, там есть. Но и то, что не выходит из моды никогда, там тоже есть. Например, плащи фирмы «Burberry» — это классика навсегда. Поэтому у меня есть такой плащ из «Симса» — бежевого цвета с восхитительной клетчатой подкладкой, которую мне хочется вывернуть наружу, чтобы все видели. В таком плаще я выгляжу очень солидно, подозреваю, что даже слишком. Но сегодня мне хочется нанести сокрушительный удар из тяжёлого орудия. Пусть бухнет. Итак, сейчас я надену свой солидный плащ, надену такое же выражение лица и выйду на улицу.

Но не успела я сделать два шага, как сразу же сделалось смешно. Высокий рост, длинное породистое лицо с сильным подбородком, пальто цвета camel, тёмно-синий шарф, отличные перчатки… Он вёл большую рыжую собаку с доброй мордой. В тот момент, когда мы, как два крейсера в водах Атлантики, уже готовы были друг друга невербально поприветствовать (ну не мог же он не заметить меня), его собака капитально устроилась на тротуаре.

«Крейсерам» так и не пришлось обменяться приветственными гудками. Вместо этого мужик с готовностью вынул из кармана своего пальто целлофановый пакет и, надев его на руку, ловко собрал большую собачью кучищу, а потом ещё протёр асфальт бумажной салфеткой. А я, не замеченная и не оцененная им (противная собака!), проплыла мимо.

Я так нравлюсь себе в новом плаще, что ощущаю себя почти американкой. Правда, наши люди, живущие в Америке, давно уже чувствуют себя американцами, и, думаю, даже больше, чем сами американцы.

Но ни у кого из тех, кто приехал сюда взрослым, это не получается, и любой наш соотечественник-эмигрант в своей золотой, меховой или антикварной лавке сходу снимает все возможные трудности общения и переходит на родную речь, только лишь завидев нашего брата на пороге. Обидно.

В Америке для меня много непонятного. Здесь любят носить угги летом, а вьетнамки зимой, здесь в мороз можно увидеть взрослого дядьку в деловом костюме, но в детской шапочке с кошачьими ушками. Здесь на Рождество врачи в клинике носят оленьи рожки на голове, потому что оленёнок Рудольф — их любимый рождественский персонаж.

Негра назвать негром нельзя, а назвать его «black» — пожалуйста, именно так они себя и ощущают.

Как-то поздно вечером в вагоне метро я застала нескольких «blacks», которые, судя по униформе, в этом самом метро и трудились. Они возмущённо обсуждали на своём негритянском «суржике» своего коллегу, который, гад, забурел и теперь желает убираться только на станции «Grand Central», а другие станции презирает и работать там отказывается. Короче, везде интриги, как сказал в анекдоте один работник общественного туалета.

Кажется, я всё же перестаралась: ресницы клацают, губы слипаются… Красавица. Действительно, я считаю себя красавицей. Потому что это помогает мне не чувствовать себя кикиморой.

Я очень стараюсь следить за собой, бесконечно намываюсь и охорашиваюсь. Но, вообще-то, мне кажется, что настоящая женщина не должна бояться быть страшной.

Не нужно бояться быть страшной, поскольку всегда быть красивой невозможно, не нужно бояться быть глупой, поскольку всегда быть умной тоже невозможно, и так далее по списку. Это очень удобный свод правил, и я внутри него чувствую себя комфортно.

Да, если кому интересно: я буду ужинать вместе со своим старым знакомым, бывшим моим начальником, который, подозреваю, до сих пор уверен, что слово «фекалии» пишется через два «л».

Прямой и ясный путь: сначала успешная пионерская, комсомольская, а потом партийная и министерская карьера. В той, прошлой, жизни он меня не замечал, и сама я тоже старалась лишний раз ему на глаза не попадаться. И надо было приехать в Нью-Йорк, чтобы лоб в лоб столкнуться с этим типом. И зачем я согласилась с ним поужинать? И о чём мы будем говорить?

По поводу вопроса «зачем» я, конечно, сама себе подвираю. Прекрасно я понимаю, зачем я согласилась поужинать с этим козлом. Мне хочется крови. Хочется взять реванш, продемонстрировать своему прошлому в его бывшем руководящем лице, что моя последующая жизнь сложилась удачно.

В те далёкие годы, когда я отбывала трудовую повинность под его чутким руководством, иначе как затравленной тоской меня никто и не видел. Кто-то из женщин в похожей ситуации начинает пить вместе с мужем, а кто-то гребёт в одиночку против течения. И, конечно, далеко не всем удаётся выплыть, и далеко не всегда крик о помощи, который неустроенные и несчастливые посылают в мир, бывает услышан.

Как я выплыла — не знаю. Наверное, как и все другие, кто это сделал. Для себя я уяснила, что, когда очень сильно чего-то хочешь, начинает везти. Силы небесные тебя начинают слышать и потихоньку помогать.

За последние годы я немного освоилась в новой для себя роли вполне благополучной дамы, и теперь мне хочется показать клыки своему прошлому. Немножко, один только раз.

Однажды, в мои далёкие уже молодые годы, пришла я на приём к своему врачу в районную женскую консультацию. Гинекологиня, как и многие специалисты, кто имеет дело с урогенитальной областью, в выражениях не стеснялась. И почему-то я сильно её раздражала. Я это понимала и в гинекологическом кресле затравленно зажималась, а она орала, чтобы я не валяла дурака и расслабила свои чресла.

Причин этой нелюбви я понять не могла, пока однажды не услышала от неё:

— Вот смотрю я на тебя и каждый раз удивляюсь. Молодая девка, замужем, ребёнка здорового родила. А морду свою ты хоть раз в зеркало видела? На тебя ведь без слёз не взглянешь. И всегда тащится с этой дурацкой авоськой, то капуста у неё, то кефир, то кура торчит… Тебя дома бьют, что ли?

Я попыталась кисло пошутить:

— Пока нет…

С тех пор я возненавидела авоськи за их откровенную прозрачность и усвоила, что лицо, как и сумку, надо держать закрытым. Трудно было только поначалу, а потом это вошло в привычку.

Ну вот мы и встретились. Оба в одинаковых бежевых плащах, и оба делаем вид, что этого не замечаем.

На столах розочки и свечки, как и было обещано. Для себя я выбрала морепродукты. Никаких макарон я не ем.

Это любимая еда советских холостяков, тягаться с которой могли разве что отечественные сырки «Дружба». Один мой знакомый, одинокий, неустроенный человек, мрачно шутил: «Я — человек, замученный плавлеными сырками».

Встреча с моим бывшим начальником проходила тоже в тональности «Burberry»: солидно и благопристойно. Кроме того, готовили там просто замечательно, и равнодушно водить вилкой по тарелке было нелегко.

Тема для беседы оформилась сразу и не менялась уже до конца. Станислав Анатольевич, бывший мой начальник, рассказывал о себе. Начал издалека: как в школе учился, пионерский актив возглавлял, как в институт поступал. Дальше — подробности профессионального роста и как приобщался он к достижениям мировой цивилизации. И о том, что самый сладкий кусочек своей жизни Станислав Анатольевич, он же Стасик, планировал прожить на берегу Гудзона в домике, купленном хорошо заранее.

Когда же я попыталась рассказать ему о своём тяжёлом детстве и перейти к юношеским скорбям, мой бывший руководитель мой эпический зачин нетактично прервал. Ему слушать меня было совершенно неинтересно, как и мне было неинтересно слушать его. Но я терпела, потому что была ещё достаточно трезвая и на том этапе ещё достаточно воспитанная. А Стасик на том же этапе уже начал делать то, что хотел. Как-то нехорошо улыбнувшись, он сказал, что хотя место это достойное, но есть в Нью-Йорке места и поинтереснее. И что такие места знать надо. Сегодня он в настроении и потому приглашает. Ну что же, если белые розочки в вазочках и разные морские гады — недостаточно хорошо, может, где-то нас ждёт шампанское с чёрной икрой «Petrossian» за счёт приглашающей стороны?

Ехали на юг, в Downtown, в тот Нью-Йорк, который действительно никогда не спит и куда лучше в одиночку командированным дамочкам не ходить.

Остановились неожиданно около ободранного здания. Никаких признаков ресторации, никаких вывесок, узкая лестница в подвальное помещение. Внизу, в предбаннике, здоровенный негр отнимает деньги у трудящихся: плата за вход немалая. Ну и ладно, за всё платит опять же приглашающая сторона.

…Они сидели за столами, ходили по залу, смотрели телевизор, висящий высоко на стене, ели, переговаривались, смеялись. Всё было как обычно, только все эти люди были голыми или же просто без штанов. Стало ясно, что сейчас должен наступить мой смертный час. Меня или сожрут живьём, или прикуют к стене цепями, или заставят прилюдно раздеться. Я представляла своё голое, беззащитное, неприспособленное к публичному обозрению тело, мой облупившийся педикюр и дальнейшее глумление над моим женским и человеческим достоинством.

Прошли годы… Минут пятнадцать точно. Но где же этот гнус, который затащил меня сюда? Страх уже утих. Понятно, что это был просто клуб по интересам. Никто тут друг друга не насилует, никто правил хорошего тона не нарушает. А что без штанов ходят — так это же личное дело каждого. С меня юбку никто не стаскивал.

Мой бывший начальник появился так же незаметно, как и исчез, — очень внушительный, серьёзный и деловитый. На мой не лишенный иронии вопрос, где же он пропадал, он сказал, что был здесь же, только в маске. И что я просто его не узнала.

— Серьёзный контингент здесь только в масках, — сказал Стасик, и на его лице показалась усталая улыбка. — Вы даже не представляете, сколько здесь наших. Даже, так сказать, из гос… — он запнулся.

— Обратно я вас сам отвезу, не беспокойтесь. Если вам так неинтересно…

— Да, забыл, вам тут одна дама передала. Которая без штанов, но в шляпе. Белой…

Уже в машине он протянул мне маленький глянцевый пакетик на шёлковых шнурках. В нём лежала записка с телефоном и белая роза на срезанном стебле.

— Это ещё зачем?

В ответ я услышала довольный смешок Стасика.

— А вы не догадываетесь?

Через пару улиц я запросилась на волю. Что-то наврала несуразное бывшему руководителю на прощание и пошла к метро.

И какой садист придумал эти лестницы в нью-йоркскую подземку? По ним трудно подниматься, ну а спускаться просто невозможно. Проще повернуться и делать это, — как в детстве, по приставной лестнице с чердака, — держась за каждую ступеньку руками.

Переход на мою ветку был длинным, народу было немного. На кафельных стенах коридора висели щиты с огромными фотографиями Мэрилин Монро — чёрно-белые снимки, им уже так много лет. Вот она в светлом узком платье, вот говорит о чём-то с Артуром Миллером, вот смеётся, вот сидит грустная и такая беззащитная. А вот совсем простушка, даже не скажешь, что это она. Мимо торопятся люди, каждый думает о своём. И рядом — женщина, которая ещё не знает, как коротка и трагична окажется её жизнь. А мы про неё уже всё знаем, и в этом преимуществе есть какая-то её и наша обречённость.

Музыка, которая была слышна издалека, теперь мягкой волной накрывала идущих по переходу. Здесь, в метро, играют на каждой пересадке, кто на чём — наши баянисты и мексиканские гитаристы, скрипачи из филармонии и рэперы с улиц. Я шла навстречу этой музыке, хотя уже понимала, что скоро будет больно.

Музыкант был старым, очень крупным и, видимо, ещё сильным. Он сидел на складном стульчике, полностью накрывая его своим телом. Руки его были огромными, тёмные пальцы осторожно перебирали струны изящной, почти детской арфы. С чёрно-белых фотографий на стенах смотрела женщина, которая задумывалась природой для долгой и счастливой жизни. Казалось, что она слушает эту музыку вместе со мной.

Старик закончил какую-то знакомую мелодию, но я её так и не узнала. Поднял голову, посмотрел на меня и начал играть снова. Я видела струны, его корявые пальцы и понимала, что это стыдно — плакать в метро и вытирать нос ладонью, потому что салфеток, конечно же, у меня с собой не оказалось.

Оставалось загадкой, как он узнал, что именно эту вещь нужно играть для того, чтобы вынуть из меня мою душу. Чтобы она могла посмотреть на меня со стороны, а потом тихо охнуть, увидев, с кем же ей приходится иметь дело.

Наверное, душа моя гораздо лучше меня самой, наверное, ей нелегко и порой даже противно жить в такой компании. Но ей никуда от меня не деться до конца наших дней. А она, может, как та женщина на чёрно-белых фотографиях, задумывалась для счастья и родниковой чистоты, но вместо этого ей приходится брести по жизни вместе со мной, часто по горло сами знаете в чём.

Я оплакивала Божий промысел, которому не суждено было воплотиться во мне, а старик продолжал играть. Потом слёзы мои высохли. Видно, душа, с отвращением плюнув в мою сторону, решила, что всё-таки пора возвращаться на своё, уготованное ей судьбой место — где-то там, внутри меня, по центру грудной клетки. Там обычно у меня болит, когда мне плохо.

На полу лежал открытый футляр с монетами и долларовыми купюрами. Я положила туда деньги, старик благодарно кивнул. Но этого было мало, и я положила на бордовое бархатное дно белую розу. А глянцевый пакет выбросила.

Потом я долго ходила вокруг гостиницы и спрашивала себя, зачем мне понадобилось встречаться с этим Стасиком? Возмездие последовало незамедлительно: Стасик завёл меня в этот дурацкий клуб, где собираются, скорее всего, не особенно счастливые и ущербные люди, а также «серьёзный контингент» в кожаных масках.

Как хорошо, что я повстречала этого арфиста. Как хорошо, что между Стасиком и мной теперь есть эта музыка —

как Великая китайская стена, и мы находимся от неё по разные стороны.

Как хорошо, что мне не надо никому ничего доказывать и сводить счёты со своим прошлым. Моя жизнь. Как могла, так и прожила её.

Какой длинный был день. Но он заканчивается. И спасибо ему за всё.

О них, О детях

Рассказы

Ну как ты? Тебе получше или ещё болит? Сегодня я целый день наблюдал за тобой. Зачем ты так долго стояла на мосту? Там ветер, холодно, ты простудишься. Вообще, я заметил, ты очень легко одеваешься. И, пожалуйста, не забывай про перчатки. А лучше всего — тёплые варежки. Я же знаю, что у тебя всё время холодные руки, даже летом. Помнишь, как той зимой, когда мы ещё были вместе, ты всё прикладывала их к тёплому чайнику, а потом ладонями грела щёки? А здорово у вас получилось на тот Новый год: с утра по лесу находились, а днём украшали ёлку конфетами и мандаринами. Она росла рядом с какой-то избушкой. Кажется, это была дача? Сначала ты мёрзла, но, когда от печки пошло тепло, лицо у тебя раскраснелось, и ты стала очень смешная. И всё проверяла, как там я, всё ли у меня в порядке. А мне было так хорошо, потому что я понимал, что у тебя происходит счастье. Не знаю, как правильно сказать. Я об этом мало что знаю.

Ты плохо выглядишь. Тебе надо как-то взять себя в руки, ты ведь ещё не старая. Может быть, у тебя всё ещё получится… И почему ты всё время сидишь дома? Отказалась пойти на день рождения к своей любимой подруге: подарок купила, а сама весь день на диване пролежала.

— А ты откуда знаешь?

— Я видел.

— Подсматривал?

— Да нет, зачем? Просто я стараюсь не отпускать тебя далеко. Мне так положено. С тобой же может случиться всё что угодно. Ты и на лестнице грохнуться можешь, и сдачу в магазине забыть.

— Да, точно. Я даже помню, как меня в детстве ругали за то, что я такая неуклюжая и рассеянная. Именно так. И ещё за то, что я быстро поддаюсь чужому влиянию. Это у меня осталось навсегда. Когда я начинаю дружить с кем-то, то потом часто влюбляюсь в этого человека, и он сразу становится для меня самым главным и лучшим на все времена. И всё, что он говорит и делает, — правильно. Потом это наваждение проходит, и я сама себе удивляюсь… Тебе, наверное, всё это неинтересно?

— Мне интересно о тебе всё. Рассказывай, пожалуйста.

— Знаешь, сегодня на мосту я думала о тебе… потому что я думаю о тебе всегда. Но ещё вспоминала историю, когда не поздоровалась с тем маленьким мальчишкой. Он сказал: «Здравствуйте!» — а я почему-то сделала вид, что его не заметила.

— Да-да, мне было тогда ужасно стыдно за тебя. И жалко того мальчишку. Он запомнил тебя совсем не такой, какая ты есть на самом деле. Эх, когда я смотрю на вас всех, то понимаю, что вы вообще ничего о себе не знаете. Вот, например, кто-то сделает гадость и потом мучается, но молчит. И всё хорошее, что этот человек мог бы сделать или хотя бы сказать, тихо умирает у него внутри. Это неправильно, поверь мне. Если ты чувствуешь, что что-то сделал не так, кого-то обидел, например, сразу же говори об этом, говори, не думая о том, что будет дальше. Главное — перебороть себя, свой страх показаться слабаком.

И если ты, когда уже всё-всё решила, вдруг понимаешь, что совершаешь ужасную, непоправимую ошибку, сразу же, не колеблясь, отменяй всё. Впрочем, что сейчас говорить… Скажи, а почему ты по ночам не спишь?

— Мне холодно.

— Надень свою голубую пижамку и белые носки, обязательно согреешься.

— Не хочу.

— Пытаешься себя наказать?

— Хотя бы и так. Слушай, ты мне надоел. Такой маленький, и откуда ты только всё знаешь? Откуда ты на мою голову взялся? Уходи, мне и так жить не хочется.

— Зачем ты так? Я прихожу, чтобы побыть с тобой. Мне без тебя плохо, и мне тоже холодно по ночам. Знаешь, о чём я мечтаю? Я хотел бы, чтобы ты взяла меня к себе в постель, согрела бы и долго рассказывала мне разные смешные истории про разных зайчиков и белочек, ну, или ещё про кого-нибудь. Так ведь обычно бывает у вас по вечерам? Когда мне ещё не разрешали видеться с тобой, я часто смотрел, как это бывает у других. И даже подслушивал сказки. Они были разные — интересные и не очень, иногда их даже не успевали рассказать до конца, потому что все засыпали. А я всё сидел на подоконнике и ждал, когда сказка закончится. Смешно. Тогда я был ещё маленький.

— А сейчас?

— Сразу вот так не объяснишь. С одной стороны, я остался тем же. Я всегда буду тем же. А с другой стороны, я подрос, повзрослел и даже сам это замечаю. Повзрослело твоё горе, а вместе с ним стал старше и я. Скажи, зачем, ну зачем ты тогда это сделала? Только не кричи страшным голосом, не плачь. Ты просто словами объясни, зачем ты всё это натворила?

— Не бойся, кричать не буду. Больше не могу. Я теперь шепчу себе разные страшные слова. Но какие, ни за что не скажу.

— Да и не надо, я и так все эти слова слышу. Они плохие, пожалуйста, не говори их. Зачем ты себя так называешь? Ты совсем не такая, ты добрая — я знаю. И тогда, в самом начале, когда мы ещё были вместе, я чувствовал это очень хорошо. Помнишь, как мы ехали в трамвае и там была страшная давка? И как ты просто объяснила тем, кто давил на тебя, что ты не одна, что есть ещё я, что мы — вместе. И как люди услышали тебя, как они расступились, и грубые, злые, уродливые лица стали совсем другими, как быстро нашли для нас место, как ты благодарила всех, кто стоял рядом. И нам было хорошо.

Мы ведь прожили вместе замечательное время, пусть даже это было совсем недолго. Совсем. Та зима была особенно холодной, а пальто твоё для нас двоих было слишком узким. Помнишь, как однажды ты сняла с головы большую шаль и обвязала ею свой живот, чтобы мне стало тепло. Ты мёрзла, но всё равно была счастлива.

— Я никому об этом не рассказывала…

— Может быть, это и правильно. Но я-то всё это очень хорошо чувствую… и понимаю. Честное слово! Скажи, зачем, ну зачем ты тогда так поступила?

— Почему ты всё время задаёшь мне этот страшный вопрос?

— Потому что я сам не могу найти на него ответ. Зачем?

— Ты хочешь моей смерти. Не спрашивай меня больше об этом… Почему ты молчишь? Ну, говори же, не молчи! Говори, мальчик мой, моё единственное, ненаглядное счастье, мой маленький, мой любимый. Говори… Говори, я кому сказала! Прости… Я не имею права так с тобой разговаривать.

— Ты не имеешь права так разговаривать ни с кем. Ни со мной, ни с другими. Так говорить нельзя ни со взрослыми, ни с детьми, пожалуйста, запомни это.

— Ты больше не будешь ко мне приходить? Мы больше не увидимся?

— Ну что ты, приходить я буду. И мы обязательно увидимся. Просто тебе придётся мучиться теперь и от этих слов, и от этого крика. А я тебя очень люблю и понимаю, что на самом деле ты не такая. Ты не грубая, не злая, не подлая.

— Скажи мне тогда, какая же я на самом деле?

— Ты совсем другая. Когда тебя никто не видит, когда на твоих глазах нет этой глупой краски, когда рано утром ты лежишь с закрытыми глазами и вспоминаешь всё тот же сон, ты не думаешь о том, как выглядишь, ты не стараешься понравиться. Вокруг никого, есть только ты и твоя измученная душа. Ты тихо плачешь, а я смотрю на тебя и часто плачу вместе с тобой. Хотя мы не должны этого делать. Нам нельзя.

— Почему вам нельзя?

— Потому что наша главная задача — утешать. Даже тех, кто никогда не утешится. Знаешь, мне уже пора. И пожалуйста, не переживай за меня, всё не так плохо. Там у меня есть своё замечательное облако, я на нём сплю, а иногда просто гоняю по небу. Оно белое и пушистое… Ну всё, я полетел. Мама…

Щенок

Летний этюд

Соседи, на чём свет стоит, крыли вашего щенка, а заодно и твоих отца с матерью. По ночам посёлок не спал. До самого утра, не замолкая ни на минуту, щенок то отчаянно визжал, то протяжно плакал, и было похоже, что где-то брошенный ребёнок зовёт и просит о помощи.

Поскольку на твоих родителей, городских дачников, надежды не было никакой, решено было пожаловаться дяде Вите — хозяину и щенка, и дачи — и потребовать от него взять ситуацию под контроль, а глупую дворнягу — в ежовые рукавицы. Отец пытался успокоить соседей и обещал срочно принять меры.

Ты не знаешь, что такое «ежовые рукавицы», но понимаешь, что это плохо. Под домом у вас живёт ежиха с ежатами. Щенок с ними дружит, а когда не дружит, тогда просто не может достать их из-под низкого крыльца.

Ежиха толстая и сердитая, а у ежат тоненькие иголочки и хитрые мордочки. Каждого их четверых тебе хочется взять на руки и расцеловать.

На ночь вы оставляете им молоко и кашу в блюдечке. А утром блюдечко стоит пустое и чисто вылизанное.

Ты с ужасом понимаешь, что ежовые рукавицы будут делать из ваших ежей, больше не из кого. И всю ночь обдумываешь план спасения толстой мамаши и её детей.

Набравшись смелости и с трудом удерживая прыгающие губы, ты говоришь с отцом. Ты обещаешь, что никогда больше щенок не будет мешать ни им самим, ни тем другим домам, что по соседству. Что ты готов спать с ним рядом. Лучше, конечно, в постели, но если нельзя, то тогда — в конуре. В качестве крайней меры ты просишь забрать у тебя велосипед и своё главное сокровище.

В специальной коробке на красивой байковой тряпочке ты хранишь старые погоны подполковника. Их подарил тебе отец. На каждом из них вышиты золотом красивые змейки, обвивающие чашку на ножке. Эти погоны когда-то носил твой дед — военный врач. Деда давно нет, ты его видел только на фотографиях. По вечерам ты ждёшь, когда отец расскажет ещё одну историю про него и его любимую собаку Рекса, которая воевала вместе с дедом.

Ты решаешься: свой велосипед и один погон ты готов отдать дяде Вите в обмен на ежовые шкурки и жизни.

Губы ужасно мешают говорить, ты пытаешься справиться и не давать им так подпрыгивать. Отец долго смотрит на тебя: соображает. Потом удивлённо спрашивает, почему один, а не два погона. Ты, накручивая край пижамки на палец, объясняешь, что, может быть, дядя Витя согласится поделить с тобой погоны поровну. Иначе у тебя на память о деде просто ничего не останется.

Поняв наконец, о чём идёт речь, отец тихо охает и, взломав густые брови в какую-то рваную линию, хватает тебя на руки и зарывает своё лицо в твой живот. Ты слышишь, что его сердце бешено колотится и что твоё сердце отвечает ему в такт. И так почему-то перехватывает дыхание, так не хватает воздуха.

Не выдержав, всё ещё на руках у отца, ты даёшь волю слезам. И уже понимаешь, что никогда, никогда твой отец не будет шить ежовые рукавицы. Ни из твоих, ни из чужих ежей.

Щенка принёс со своей автобазы дядя Витя, хозяин дачи. А дать ему имя забыл. У щенка большая круглая голова, и по утрам вместо глаз — щёлочки. Это очень смешно, и ты зовёшь его Фудзиямой. Откуда взялось это слово и что оно означает, ты не знаешь. Но оно очень японское, и это хорошо. Правда, какая-то «яма» в конце этого длинного слова тебе совсем не нравится. Фудзиямка звучит куда лучше. Весь день он старается пристроиться где-нибудь и мгновенно засыпает. А во сне вздрагивает, скулит и часто закрывает голову толстыми лапами.

И только вечером щенок просыпается, переваливаясь с боку на бок, кубарем врывается в вашу беседку и лезет к тебе на руки. Он лихорадочно вылизывает своим розовым языком твоё лицо и руки, и согнать его с твоих колен невозможно.

Ты просишь отца разрешить взять его к себе в комнату на чердаке. Отец треплет щенка за ухом и разрешает. Мать виновато улыбается, но говорит, что у Фудзиямки есть свой дом — большая будка с подстилкой из свежего сена и что там ему будет гораздо лучше.

Щенок жалобно скулит и вжимается в твои колени. Ты обнимаешь его за пушистую шею. Ты не хочешь отпускать Фудзиямку в тот большой собачий дом — его будку. Ты хочешь, чтобы за столом с носатым чайником, керамической салатницей с сушками и миской с ягодами вы сидели бы вчетвером: отец, мать, ты и он. А потом все вместе шли бы спать. Щенок знает, что места за столом ему нет, поэтому сопит, ёрзает и старается быть как можно незаметнее.

Вы пьёте чай, отец рассказывает, как лесом добирался от станции, как торопился, потому что нёс тебе мороженое. Мороженое отец положил в жестяную коробочку от чая, чтобы оно не растаяло.

Ещё у калитки он говорит, что тебя ждёт сюрприз, и протягивает коробочку. Ты открываешь её и видишь, что там в молочном сиропе плавает тусклая бумажка. Сначала тебе обидно, но потом ты вспоминаешь, что есть маленький Фудзиямка, и отдаёшь этот молочный сироп ему.

Щенок помогает себе лбом, ушами и даже хвостом. Ты чувствуешь, как радость подпирает изнутри, и задираешь голову к небу.

Ты совсем не жалеешь, что мороженое растаяло, и мечтаешь о том, что и в следующий раз в жестяной коробочке из-под чая снова окажется такой же сюрприз для твоего щенка.

Незаметно подкрадывается летняя ночь. Ты обнимаешь щенка за шею. Вам придётся расстаться до утра. Ты моешь ноги в тазике с чёрными кляксами отбитой эмали, ложишься, и мать целует тебя на ночь.

Немного погодя, когда уже потушен свет, к тебе поднимается отец. Он ложится рядом, ты просовываешь голову ему под руку, и вы ещё долго говорите. Пока вы с отцом шёпотом обсуждаете все важные дела и события за день, за домом начинается самое неприятное.

Мать загоняет Фудзиямку в конуру. Он уворачивается, с жалобным воем носится по участку и прячется, где только может. На помощь иногда приходит отец, вдвоём с матерью им с трудом удаётся запихнуть щенка внутрь и закрыть выход старым ржавым листом железа, подперев его поленом. Всю ночь до утра из большой будки раздаётся жалобный плач, скулёж и визг.

Сладить с щенком невозможно. Но и наказывать его рука не поднимается. Он по-прежнему всё такой же смешной, только круглая мордочка с умными узкими глазками стала ещё больше.

Ночью его вой по-прежнему раздаётся по всему участку. Что делать — непонятно. Но ты уже всё обдумал. Конура большая, места хватит на двоих.

Вечером опять Фудзиямка бегает по всему участку и опять упирается всеми лапами, не желая уходить на ночь в свой домик.

Уже совсем темно. Ты в пижаме и тапочках тихо спускаешься по приставной лестнице из своей комнаты на втором этаже. Высокая трава обдаёт тебя росой. Страшно и мокро.

Вот наконец и будка. Ты убираешь большое полено, железный лист и быстро ныряешь к Фудзиямке на его соломенную подстилку.

…Руки дрожали, и отец никак не мог справиться с дверью, а мать не могла ждать. Она неумело перелезла через окно и побежала, тяжело проваливаясь босыми ногами в рыхлую землю грядок.

Никогда родители не слышали, чтобы их ребёнок так страшно кричал. Детский крик сливался с заливистым визгом собаки.

Утром в будке обнаружили осиное гнездо, которое прилепилось к внутренней стороне крыши и потому было совершенно незаметно снаружи.

Никогда

Рассказ второклассника

У моей мамы большие неприятности. Осенью на нашем столе в большой комнате часто стояли цветы, потом они стали появляться всё реже, потом какой-то букет засох, а теперь в эту вазу дедушка складывает разные квитанции. Говорит, чтобы не забыть вовремя заплатить. Бумажки некрасиво торчат во все стороны, но мне это нравится гораздо больше, чем те розы. И дед с бабушкой тоже так думают. Я знаю. Однажды дед сказал: «Ненавижу эти цветы. И его ненавижу», а бабушка прибавила: «Женатый человек, и чего увивается…»

Им кажется, что я не слышу. И когда они на кухне вдвоём разговаривают, и когда я уже сплю. А я на самом деле не сплю, а слушаю. Вернее, подслушиваю. Мне же нужно знать, что у нас происходит.

Мама приходит с работы очень поздно. Она по вечерам получает второе образование. Я всё хочу её спросить, почему второе? Я знаю, что, когда я родился, она уже училась в институте, а перед этим в школе. Значит, два образования уже есть. А это образование, из-за которого мы теперь совсем не видимся, значит, — третье? Мне совсем не нравится, что мама пошла учиться. Вечером она приходит, когда я уже сплю, а утром уходит на какие-то курсы от работы, когда я ещё сплю. И если мне что-то нужно ей сказать, я пишу ей записки. Так получается очень часто. Ну, например, я прошу её поднять меня пораньше, чтобы нам повидаться, пока она ещё не ушла.

Пишу, что, если я буду сопротивляться, пусть подёргает меня за ногу. Для того чтобы было понятней, я обычно рисую ещё картинки. Ну, например, когда меня надо разбудить пораньше, я изображаю, как лежу и как мама должна меня разбудить.

Ещё внизу под картинками я всегда рисую ей сердца. Мама обычно смеётся и мои записки целует, а про сердца говорит, что они у меня похожи на попу. И тоже их целует. А меня прижимает к себе и говорит, что я её счастье.

Я больше всего люблю вечера, когда мама не учится. Мы ложимся спать, я немножко жду, потом на всякий случай её предупреждаю: «Мама, ты ужасно вредная, и я иду к тебе». И быстро перепрыгиваю к ней на диванчик. Наши диваны стоят через проход, у меня слева, а у мамы справа, и перепрыгнуть к ней мне очень легко.

Сначала мама выпихивает меня, и мы возимся, а потом она начинает слушать. Мне надо ей рассказать свои главные тайны. Их каждый день набирается так много, что мне трудно дотерпеть до выходных и хочется рассказать все сейчас.

Поскольку это тайны, я всё рассказываю шёпотом ей на ухо. Она хохочет и говорит, что у неё ухо от меня уже мокрое. Ну, как ещё рассказывать, я не знаю. Ведь это же тайны.

Наш дед в такие моменты всегда заглядывает к нам. Он оставляет свет в коридоре, пристраивается на краешке маминого дивана и сидит с нами, хотя нам всем тесно. Но на соседний диван пересаживаться не хочет. По его словам, что ему и на нашем хорошо. Мы вместе говорим о разных вещах, дед гладит меня по голове и, как говорит бабушка, «тает».

Он может так «таять» долго, пока бабушка не призывает нас к порядку. Она говорит, что завтра всем рано вставать и что деда от нас «оттащить невозможно».

Бабушка заходит к нам в комнату на минутку и начинает слушать, о чём мы говорим. Очень скоро фартук на её животе начинает подпрыгивать — бабушка смеётся, потом тоже подсаживается к нам, и мы начинаем шутить и смеяться все вместе. И так иногда хохочем, что мне даже в туалет приходится бегать, чтобы не описаться. Ой! Ничего, что я так сказал?

Когда мы вот так — все вместе, на мамином диванчике, — мне кажется, что это наша лодка и мы в ней куда-то плывём.

Бабушка у нас самая главная. Это мама так говорит. А дед — самый добрый дед на свете. Мы с ним любим сидеть на кухне, разговаривать и есть чёрные сухари. Их бабушка специально для нас делает. Дед говорит, что это лучше всех пирожных. Бабушка режет бородинский хлеб на маленькие кусочки, солит их и отправляет в духовку. А потом мы пьём чай. Если чай сладкий, а сухари солёные, получается очень вкусно. Мама сахар в чай не кладёт, говорит, что для фигуры плохо. А нам, как говорит наш дед, фигура не страшна, и мы пьём сладкий.

Больше всего я люблю быть дома. Раньше я даже не знал, что это так здорово.

Раньше мы жили с папой. И они с мамой часто ругались. На меня мама тоже кричала, потому что я на продлёнке плохо делал уроки, и мне становилось очень страшно. Она тогда была похожа на злую, лохматую собаку, и мне казалось, что она даже может укусить меня. Это была не моя мама. Она кричала на меня, потом плакала и просила у меня прощения, потом опять кричала и опять просила прощения. И я понимал, что это всё-таки была она, только уже некрасивая. По ночам мама часто не спала, а ходила по кухне и выливала в туалет водку из бутылок. Утром папа кричал на маму, зачем она вылила его водку. И мне было жалко её. Я же знаю, как страшно, когда на тебя кричат. Однажды я сказал им, что взрослые такие не бывают, потому что они всё время ругаются. Мама встала на коленки и обняла меня, а папа был пьяный.

Я стараюсь не вспоминать то время. Тогда мама была другая. Мне кажется, что она даже не любила меня.

Однажды вечером она ушла в театр. А перед этим спорила о чём-то с бабушкой по телефону и опять кричала, что не может лишить ребёнка отца и французской школы. А жизни у неё всё равно нет. И что она тоже человек. И поэтому пойдёт сейчас с тётей Мариной в театр. И что я уже большой и могу дома один посидеть. Бабушка в таких случаях говорит, что лучше совсем без отца, чем с таким отцом, и что пропади она пропадом, эта французская школа. Мама ушла в театр. Я сидел один, и мне было ужасно скучно и холодно. И я боялся, что придёт папа. Потом опять позвонила бабушка, спрашивала, что я делаю и что я ел на ужин. Я сказал, что мама оставила мне сырники, и на всякий случай наврал, что рисую. Потом я услышал, как бабушка сказала кому-то, что весь этот кошмар она моей маме никогда не простит.

Но это было давно. Я не люблю думать об этом. Когда мы переехали к деду с бабушкой, я даже сначала ничего не понял. Просто однажды в субботу мама сказала, что мы поедем к ним в гости. Я обрадовался, она собрала сумку, взяла мой портфель, и мы уехали. А здесь уже мама мне объяснила, что теперь мы будем жить все вместе. Я сразу спросил, а как же мой медведь, он же остался на старой квартире. Если бы я знал, я бы взял его с собой. И книжки, и мои альбомы. Мама пообещала, что всё мне привезёт. И действительно, медведь скоро тоже переехал к нам и теперь сидит на моей подушке. Я стал ходить в новую школу, а мама начала учиться в своей академии. Она говорит, что ей нужно очень много работать, чтобы купить квартиру, и что мы у дедушки с бабушкой на голове сидим. Зачем нам квартира, я совершенно не понимаю. У нас здесь есть своя комната, там и наши диваны, и мой стол, и шкаф умещаются.

Мама очень изменилась. Она опять стала красивая, как раньше. Тогда я был ещё маленький и часто спрашивал её, почему она такая.

А мама брала меня на руки, целовала, потом залезала носом мне под шею и глубоко вдыхала. Там у меня, оказывается, необыкновенно пахнет. Не знаю, я старался понюхать, но ничего не почувствовал.

Теперь мама добрая, она больше не кричит, и я её совсем не боюсь. Наоборот, мне хочется её защищать.

Однажды мы с ней поехали на Азовское море лечить моё горло. Мы никак не могли найти, у кого остановиться. Нам везде говорили, что комнат нет, всё занято. Мама шла такая расстроенная. А я её утешал и говорил, что мы обязательно что-нибудь найдём. И чтобы ей было веселее, даже обнимал её за талию, хотя мне было очень высоко и неудобно. И всё получилось, как я сказал. Одна старушка, Ефросинья Михайловна, у неё потом ещё котята родились, нас приютила. Она нам предложила большую комнату, но предупредила, что там с нами два других человека будут жить. Мы согласились. На следующий день с нами стали жить ещё две тёти — одна молодая, другая старая. И мы так все подружились! По вечерам мама нам всем читала мою книжку. Мы спросили разрешения, и эти тёти тоже стали перед сном слушать, как мама читает, и даже потом обсуждать эти истории. Вот так здорово мы жили.

Утром мы купались в море, а после ужина я возвращался на берег спасать медуз. Днём эти медузы плавали в воде, и все знали, что они хотя и огромные, но совсем не кусачие, а наоборот, совершенно беспомощные. Зачем их каждый раз вытаскивали на берег, я не понимаю. Они лежали на горячем песке и умирали. Поэтому перед сном мы возвращались туда, и я оттаскивал медуз обратно в море.

Они были часто израненные и такие несчастные, что я, хоть и сдерживался, всё равно плакал, а мама закрывала глаза рукой и всё спрашивала Бога на небе, как же я буду жить. Потому что у меня нет никакого защитного слоя.

Но это было давно — летом.

А сейчас зима, у нас с мамой каникулы.

На нашей кухне каждый день очень вкусно пахнет, и в большой эмалированной миске под полотенцем лежат пирожки с капустой. А в стеклянной салатнице — плюшки с вареньем. И по вечерам мы все вместе пьём чай. А недавно у нас был Новый год. Это был необыкновенный праздник, наверное, самый счастливый день в моей жизни.

Утром мы с мамой с утра поехали в цирк. Там мы смотрели на жонглёров, клоунов и тигров. Мне больше всего клоуны понравились.

А потом мы пошли на рынок. Это был Центральный рынок, самый большой в Москве. Перед этим я дал маме честное слово, что не проговорюсь и нашу тайну не выдам. Она мне рассказала, что написала какую-то статью и что ей заплатили много денег — сорок рублей. И у мамы план — сделать деду и бабушке сюрприз. Она спросила меня, как я — не против? Ну зачем она такие вопросы задавала? Сюрприз был такой: купить на рынке разных вкусных вещей и ещё подарки к Новому году. Вокруг было много народу, и все были весёлые — и продавцы, и покупатели.

Мы купили виноград, хурму, груши, какие-то ещё фрукты и овощи.

Я никогда не видел в магазинах такую красивую еду. Мама иногда приносит с работы что-нибудь вкусное — говорит, что это «заказ». Но это бывает нечасто.

А потом у старушки на выходе купили для деда — толстые шерстяные носки, а для бабушки — пушистые варежки с красивыми снежинками и помпончиками.

Дома мы потихоньку в ванной все фрукты помыли, сложили на большой поднос и накрыли его чистой тряпочкой. Потом я отвлекал бабушку в большой комнате, а мама прятала поднос под моим письменным столом. А вечером наступил Новый год. И мы с мамой торжественно внесли наш поднос и подарки в большую комнату, где уже стоял стол с разной вкуснятиной.

Как сказала бабушка, они потеряли дар речи от радости. Дед сразу натянул носки на ноги, а бабушка всё прикладывала варежки к щекам. Мы кормили деда с бабушкой фруктами и помидорами, и это было так здорово, что мне самому совсем не хотелось всё это есть. Правда, потом меня уговорили, и я тоже съел две большие груши.

Я теперь мечтаю о том, что на следующий Новый год мама опять напишет какую-нибудь статью и мы опять устроим дома сюрприз. А у меня в тот вечер появился друг. Его мама с бабушкой по ночам для меня придумывали. Они взяли мои старые ползунки, набили их чем-то мягким, потом пришили ручки и головешку. Глаза сделали из чёрных пуговиц. Бороду и усы — из моей старой шубы. У него жилетка из дедушкиного пальто и красная косынка из маминого пионерского галстука. У него даже есть маленькие сапожки. Это настоящий Морской волк, и мы решили, что теперь он будет охранять от бурь нашу семейную лодку.

А маму я всегда поздравляю сам. И каждый раз пишу ей о том, как люблю её. И рисую сердце, пусть оно и похоже на попу. Это неважно. Мама ведь всё понимает. Я хочу, чтобы в нашей вазе не было больше цветов. Никогда. Пусть лучше там лежат дедушкины квитанции.

Больше всего я ненавижу

Исповедь советского ребёнка

Больше всего я ненавижу, когда нас классом ведут в театр: плестись длинной кишкой по улице, а потом уталкиваться в поезде метро, где от нас сразу становится тесно и шумно. Училка и какая-нибудь мамаша из активисток подгоняют последние пары к дверям и кричат через головы, на какой остановке выходить.

Я иду обычно одна, потому что со мной становиться в пару никто не хочет. Иногда ко мне прикрепляют какого-нибудь неуспевающего, чтобы я его вела за руку. Неуспевающие у нас в классе почему-то все маленького роста, и со стороны я выгляжу, как стрекоза рядом с муравьём.

Когда однажды в классе мне поручили роль стрекозы в инсценировке басни Крылова, сначала я очень обрадовалась, потому что сразу вспомнила, как эти принцессы трепетали, переливались и важно поводили глазами, зависнув над цветочной клумбой у нас на даче. Я решила, что, вероятно, сама не догадываясь об этом, обладаю стрекозиным изяществом и грациозностью перемещения себя самой в пространстве.

Правду я поняла, только когда вышла со своим муравьём к доске. Это был самый маленький в нашем классе мальчишка, чёрненький Алимов. А я была самая большая девочка. И больше ничего. Вот тебе и прозрачные крылышки над утренними цветами. К стрекозам после этого плохо я относиться не стала, а к себе — даже ещё хуже, чем раньше.

Спектакли, на которые мы ходим, я тоже не люблю. Они всегда про революцию и всегда скучные. В зале все шумят, учителя громко шикают, но если кто и замолчит, так только для того, чтобы развернуть очередную конфету и засунуть её в рот. На артистов, которые играют реальных исторических героев, просто жалко смотреть.

Однажды на каком-то спектакле про Ленина, когда голос вождя окончательно утонул в воплях, смехе и шуршании фантиков, занавес закрыли, на сцену вышел администратор в галстуке бабочкой и строго попросил зал соблюдать порядок и тишину, потому что артистам трудно в таких условиях работать. Но через десять минут всё опять началось сначала.

В театр я люблю ходить с папой, даже несмотря на то, что в антрактах он начинает гонять меня по школьной программе. Мы ходим по фойе вокруг большого чёрного рояля, я называю разные исторические даты и объясняю правила правописания.

Папа спрашивает строго, но я-то понимаю, что делает это он больше для порядка, из воспитательных целей. Во-первых, учусь я хорошо, и никто меня, вообще-то, не проверяет, а во-вторых, страшно сказать, но в воспоминаниях моего деда я вычитала, что в школе его сын и мой отец учился неважно и был хулиганом, в девятом классе разругался с директрисой и ушёл в лётную школу. А там скоро началась война, и папа стал летать по-взрослому. Ужасно, ужасно его люблю.

Когда мы идём в Большой театр, то там уже просто находиться в зале есть отдельное счастье. А смотреть на сцену и слушать даже страшно: вдруг не выдержишь и расплачешься в тишине тёмных кресел, заполненных разными людьми.

Люди действительно разные. Почему-то даже некоторые взрослые считают, что в театре спектакли смотреть лучше вприкуску. Меня это оскорбляет до самой глубины души.

Однажды, именно когда Татьяна в «Евгении Онегине» вместе со своей сестрой проникновенно пела романс «Слыхали ль вы», одна тётка рядом со мной начала разворачивать шоколадку. Фольга затрещала на весь зал. У меня всё внутри оборвалось: вдруг сейчас Вишневская обидится и молча уйдёт или, лучше сказать, покинет сцену. Но рядом кто-то строгим шёпотом сказал, чтобы гражданка немедленно прекратила это безобразие и что в театр ходят не для этого. Тётка застыдилась, начала заворачивать шоколадку обратно, и шуму получилось ещё больше.

От переживаний я запомнила её зелёное платье и короткие рукавчики на толстых руках. Зачем ей есть этот шоколад? Я, на её месте, вообще бы ничего не ела до конца дней. Хотя и на своём месте я тоже стараюсь не есть, потому что я очень большая. У меня всё длинное и большое. Руки, ноги, нос, который мой папа называет «руль».

Но я всё равно прекрасно знаю, что папа всерьёз гордится тем, какая я получилась. Когда к нам в гости приходят его друзья со своими детьми, он каждый раз заставляет меня мериться с ними всеми ростом. Конечно, я оказываюсь выше всех, папа радуется, с размаху хлопает меня по спине и говорит, что я молодец. А я каждый раз улыбаюсь и делаю вид, что тоже этому очень рада.

По ночам я мечтаю о том, чтобы посредством медицины если не укоротиться, то хотя бы остановиться в своём росте. Я твёрдо уверена, что буду расти вечно и что через несколько лет меня смогут показывать за деньги, как показывали раньше папуасов в рассказах Миклухо-Маклая…

Однажды я увидела в польском журнале женщину, она сидела в кресле, положив одну изящную ножку на другую, и, откинув голову, хохотала, слушая своего ухажёра. Он смотрел на неё с обожанием. Мне так стало обидно, что никогда я не буду такой и никогда не надену таких туфелек, потому что размер моих «рычагов» (папино, конечно, словечко) обещает мне в этом смысле большое будущее, и никогда не буду вот так смело хохотать в присутствии взрослого мужчины. Глупо, конечно, но я всё равно закрыла глаза, сосредоточила всю свою волю и стала просить потусторонние силы помочь мне превратиться в эту красотку. Ничего не выпросила, хотя даже потом покрылась от усилий.

Такой, как я есть, мне оставаться нельзя. Потому что это не жизнь, а мука. Мальчики из нашего класса меня терпеть не могут. После уроков есть у них такое развлечение — дождаться, когда я пойду домой, повиснуть на мне и повалить на землю. Я в эти минуты ненавижу не их, а себя. Потому что каждый раз, когда они ко мне приближаются, я начинаю понимающе улыбаться, как будто это наша общая забава, как будто мне тоже смешно и даже приятно. Я пытаюсь вступать с ними в разговор и отшучиваться. А когда на моей шее повисают маленькие противные тела, я задыхаюсь под их тяжестью и падаю на землю. Но и там я всё ещё улыбаюсь и пытаюсь показать, что тоже участвую в общей жизни класса.

Хотя никакой общей жизни с классом у меня нет. Девочки меня тоже не любят. Иногда мне удаётся подружиться с кем-нибудь, но ненадолго. Я понимаю, что виновата сама, и стараюсь исправиться — стать такой, чтобы меня полюбил коллектив. Ведь если все не любят одного, значит, виноват в этом сам человек.

Я даже придумала программу собственного перевоспитания, куда входила критика со стороны моих одноклассников. Я так обрадовалась, когда поняла, что мне будет гораздо легче исправлять свои недостатки, если о них будут прямо говорить мои товарищи. Утром по пути в школу я рассказала о своём открытии знакомой девочке и сразу же попросила её без стеснения назвать мои недостатки. Девочка сказала, что у меня на руках бородавки.

Ещё у меня неровные зубы, я белобрысая дылда и на всех смотрю свысока. Всё это правда. Только смотрю я свысока именно оттого, что дылда. В конце концов недостатков у меня набралось так много, что в классе мне решили объявить бойкот.

Во время бойкота ничего особенного я не чувствовала, со мной и так мало кто говорит. Обычно на переменках просят задачку списать, упражнение проверить или ещё что-нибудь в этом роде. Я никак не могу понять, что сложного в том, чему нас учат. Это не очень интересно, но просто. А когда пишешь сочинение, то вообще обидно, что тетрадь заканчивается слишком быстро. Поэтому обычно я вставляю в одну тетрадь вторую и пишу уже на полную катушку — как хочется.

Не люблю, когда кончаются тетради, фильмы и книги: только распишешься или зачитаешься, а тут уже и конец близок. Свои любимые истории я дописываю сама. И, конечно, грустный конец переделываю. Поэтому Монте-Кристо со своей Мерседес у меня помирились, а её сына я женила на Гайдэ. Пусть все будут счастливы, мне так спокойнее.

А капитана Татаринова из «Двух капитанов» нашли у меня живым и невредимым. Он чудом спасся и все эти годы жил у эскимосов, подружился с ними, научился охотиться, есть сырую рыбу и ходить в оленьих шкурах. А по вечерам он уже сам обучал взрослых и детей географии, математике и читал им стихи. Конечно, там его все очень уважали, а самая красивая девушка-эскимоска была в него влюблена. Он знал это, но не мог нарушить клятву верности своей жене. Саня, случайно услышав от знакомых эскимосов о таком удивительном человеке, понял, кто это, отыскал его и лично привёз в Москву, где их ждала Катя. Очень мне ещё хотелось бы сделать так, чтобы и Марья Васильевна осталась жива, но как это написать, чтобы не ломать сюжетную линию, я ещё не придумала.

Для меня самое главное в жизни — благородство. И когда кто-то его проявляет, я сразу же в него влюбляюсь. И даже неважно, мужчина это, или женщина, или вообще Белый клык. Я влюблена в Мартина Идена, Шерлока Холмса и в Гадюку. Есть у Алексея Толстого такой рассказ. Но больше всего я люблю Русалочку.

Я пытаюсь рассказать, почему так прекрасны сказки Андерсена, Вере. Мы учимся в одном классе, и она мне чем-то интересна. Я чувствую, что, хотя Вера мне по плечо, она взрослее меня и знает многое из совсем другой жизни. У неё есть старшая сестра, которая учится в медицинском училище, и Вера любит рассматривать её анатомические учебники. Когда она мне объясняет, как дети появляются на свет, я начинаю спорить. Но Вера показывает картинку, где женщина лежит, страшно раздвинув голые ноги, и оттуда лезет детская головка. А я думала, что женщине делают просто разрезик на животе и достают оттуда ребёночка.

Я отворачиваюсь, мне неприятно. Мне хочется поговорить с ней об Андерсене, о том, что хотя в четвёртом классе читать сказки уже стыдно, но жить без них невозможно. Про

Андерсена Вере неинтересно, и она мне рассказывает, что они с матерью вчера купили консервы «Лосось в собственном соку» восемь банок, хотя давали в одни руки только по две.

Моя мама очень расстраивается, что я ни с кем не дружу. Я не знаю, как объяснить, почему я больше не хочу ходить к Вере в гости, где живёт ящик со страшными книгами и где на полке в дальнем углу спрятаны какие-то длинные резиновые колпачки противного белёсого цвета, которые Вера по секрету показала, развернув один, мне. Я говорю маме, что у Веры нет ничего святого. Мама удивлённо улыбается, но я почему-то знаю, что это так.

Я вообще не люблю все эти штучки — разговоры о том, кто что достал или купил, ненавижу, когда от наших мальчишек по утрам пахнет колбасой, ещё терпеть не могу разговоры о еде. Меня прямо тошнить начинает, когда кто-то описывает, что он съел. Вот подружилась я с Надей Петриной. Она не злая и в бойкоте не участвовала, сама мне потихоньку в этом призналась. Но когда она на переменке рассказала, что утром «так вкусно поела курочку с масличком» — прямо вот так и сказала, ещё и пальцы облизала,— мне сразу эта Надька разонравилась.

И как люди могут думать о такой чепухе. Ну, в нашем возрасте ещё ладно. Но когда взрослые говорят о ремонте, о деньгах и очереди за мясом, мне просто стыдно за них становится. Мне кажется, что люди должны обсуждать серьёзные вещи, такие как смысл жизни, музыку или литературных героев. Выбор профессии тоже очень важная тема. Но никто вокруг меня об этом не говорит, хотя я внимательно прислушиваюсь и на улице, и в трамвае, и пока в очереди за молоком стою.

Я мечтаю о том, чтобы жизнь вокруг была бы значительная и романтическая. Дома я больше всего люблю наводить красоту. Когда мама с папой уходят в гости, я быстренько вынимаю из шкафа мою любимую китайскую скатерть с драконами и застилаю наш обеденный стол. Посередине ставлю вазу, а туда — какие-нибудь цветочки. Жаль, конечно, что потом скатерть эту кладут обратно в шкаф, потому что у нас очень тесно и наш круглый стол одновременно и обеденный, и кухонный, и письменный.

Без красоты вообще жить очень трудно. Одно время я просто смотреть не могла на чьи-нибудь оттопыренные уши — мне казалось, что это очень уродливо. Ведь сказал же Чехов, что в человеке всё должно быть прекрасно. Ещё я совсем не могу сморкаться при посторонних. Даже если насморк, хлюпаю носом, но платок не вынимаю, потому что, по-моему, сморкаться — некрасиво и стыдно.

Ещё не люблю, когда у женщин ноги волосатые. Я всегда в таких случаях вспоминаю «Легенды и мифы Древней Греции» Куна и его описания кентавров. А вдруг я тоже стану таким кентавром?

А ещё бывает, что в животе вдруг заурчит. Это похуже насморка. Я как-то в театре одну парочку заметила — они сидели рядом с нами во втором ряду. Такие симпатичные, взрослые уже — наверное, студенты. И вот в самый драматический момент, когда Катерина со сцены спрашивала, почему люди не летают, у этой студентки как зарычит в животе. По-моему, даже сама Катерина испугалась. Мне на эту студентку было жалко смотреть. Я думала, что она в антракте из окна выбросится. А она со своим кавалером в буфет отправилась и ещё чему-то смеялась на ходу.

Как-то всё у меня не так получается. В первом классе, когда Гагарин в космос полетел, заставили нас рисовать ракету. У меня ракета получилась как атомная бомба из карикатур на американцев. Тех, кто лучше всех нарисовал, наградили. А про мой рисунок сказали, что он без фантазии. Я, конечно, понимаю, что полёт в космос — это важное событие в жизни нашей страны и всего мира. Когда об этом объявили, у нас был урок физкультуры, и наша учительница от радости заплакала.

Но про Гагарина мне почему-то неинтересно. Мне больше нравятся приключения у Жюля Верна про капитана Немо, или у Герберта Уэллса, или в фильме «Человек-амфибия». Когда я первый раз на этот фильм пошла, я училась во втором классе и ужасно переживала, вдруг меня не пустят, потому что это фильм про любовь. Меня пропустили, и я ещё два воскресенья подряд ходила смотреть его прямо на первый сеанс.

Мы жили на Чистых прудах, и жизнь у меня тогда была совсем другая. Наш дом стоял по одну сторону пруда, а по другую, строго напротив, был кинотеатр «Колизей». Хотя почему «был»? Это здание, больше похожее на дворец с белыми колоннами, и сейчас там стоит. Только мы оттуда уехали. Это самое большое горе в моей жизни.

Там зимой я каталась под музыку на катке, который устраивали на пруду, мама звала меня домой прямо с балкона. А летом мы с моей любимой подружкой Ларисой ходили смотреть на лебедей и их домики. Я, конечно, каждый раз вспоминала про Гадкого утёнка и выискивала среди взрослых птиц лебедят. Они действительно были страшненькие, с серыми шейками. Но от этого я любила их ещё больше.

В жаркие дни мне разрешали есть мороженое на улице. Поэтому если я шла за мороженым, то дорога до магазина была долгой — я смотрела на лебедей и их хорошеньких гадких утят, а дорога обратно — быстрой. Я доходила до угла на улицу Чернышевского, покупала стаканчик за семь или молочное в пачке за девять копеек и возвращалась во двор. Есть мороженое просто на улице было неинтересно, но донести его до двора почти никогда не удавалось: оно съедалось как-то само собой ещё у пруда. Там по берегам стоят старые деревья, и папа говорит, что, когда он был маленьким, эти деревья уже были высокими.

Когда началась война в Испании, моего папу поймали здесь по дороге на фронт. С собой он утащил буханку хлеба и большую коробку мармелада. Вот по этой коробке прохожие его и опознали, и где-то среди этих деревьев наш дедушка папу заловил, а дома наша бабушка чуть не отлупила его полотенцем. Не деда, конечно, а папу. Да, знаю я эти штучки, потом наверняка сама же прощения у него просила, как Петина тётя из «Белеет парус одинокий» или тётушка Тома Сойера, не помню точно.

Вообще, обе эти тёти должны были переживать из-за наказаний больше, чем их племянники. Моя бабушка такая же. Она совсем не похожа на тех старух в платочках, которые употребляют разные грубые слова и грозят своим внукам ремнём. В новом дворе, куда мы переехали с Чистых прудов, все бабушки именно такие, в платочках. Я знаю, что они пожилые и что я должна их уважать, но на самом деле я их очень не люблю и боюсь.

Когда мы с моим младшим братом первый раз вышли гулять в этот новый двор, произошла ужасная вещь, которую я никогда не забуду. Мы взяли с собой маленький трёхколёсный велосипед, и Андрюшка на нём катался вокруг сломанной беседки. Я сидела внутри и думала о том, как я теперь буду здесь жить.

Я уже знала, что никогда, никогда не полюблю этот голый двор, где невежливые старушки на лавках грызли семечки, а дядьки в зелёных майках громко играли в домино. И вдруг я увидела, что какая-то огромная старуха толкает нашего Андрюшку и бьёт по его голым ножкам велосипедом. Я схватила брата на руки, а что было потом, не помню. Позже оказалось, что она всё перепутала и подумала, что это велосипед её внука.

Нет, лучше про коробку с мармеладом. Когда я смотрю на папу, такого взрослого, красивого и хорошего, просто поверить не могу, что он был хулиганом. Ведь если это твои родители, то, конечно, они и учились на «отлично», и вели себя прекрасно. Но папа был добрым хулиганом. Однажды, поднимаясь по лестнице домой, он услышал из мусоропровода писк. Папа разыскал дворничиху, они вместе открыли подвал и нашли там слепого щенка, которого туда кто-то выбросил.

Щенка папа принёс домой, и бабушка потом всю его собачью жизнь за ним ухаживала. Назвали его Тимкой, и он у нас есть на фотографиях: лежит на диване важная, толстая дворняга. Даже не верится, что в своём раннем детстве он пережил такой ужас.

В нашем дворе на Чистых прудах меня все любили и называли Сашенькой. Бабушка с дедушкой переехали туда много лет назад, когда они были молодыми, а папа — совсем маленьким. Во дворе у нас было очень уютно, стояли лавочки с завитушками, цвели клумбы и пышные кусты. То есть всё это и сейчас там есть, только вот мы оттуда уехали. Старички там при встрече раскланивались, важно приподнимая свои шляпы, и обычно передавали привет всем домашним.

Мой дедушка летом тоже носит соломенную шляпу и белый костюм, и, хотя вид у него в этом наряде совсем допотопный, мне это очень нравится. На его костюме есть несколько маленьких серебряных пятнышек. Я сначала думала, что это для красоты, а оказалось, что, когда в 1938 году красили Крымский мост, дедушка проходил мимо маляров и его забрызгали. Конечно, нечаянно.

Просто удивительно, как можно столько времени носить вещи. Мне мама недавно купила красивые чулки, так я на третий день разодрала коленку об асфальт. Я, вообще-то, очень неуклюжая, и всё у меня из рук валится.

Однажды я даже кастрюлю с супом случайно чуть не столкнула со стола. Половина супа вылилась, и я ужасно расстроилась, потому что лишила всю нашу семью обеда, но бабушка, как всегда, меня выручила. Она быстренько сварила ещё один овощной супчик. А о том, что произошло, мы решили никому не рассказывать.

Раньше каждый год в конце декабря бабушкина подруга Надежда Сергеевна всех маленьких из нашего двора собирала у себя дома. В центре комнаты для нас ставили большую ёлку, на которой вместе с игрушками висели призы: мандарины и, как говорит бабушка, «конфекты». Это очень смешное слово, но, оказывается, во времена её молодости, конфеты называли именно так. У бабушки даже есть металлическая шкатулочка, где написано «Товарищество Эйнемъ» с твёрдым знаком, «Конфекты». Сейчас в «Товариществе Эйнемъ» хранятся перевязанные голубой ленточкой дедушкины письма с фронта.

На ёлку мы приходили в разных костюмах. Я была подосиновиком на длинной ножке. На голове у меня была широкая красная шляпка, по низу белых штанишек — зелёная травка. Это было очень нарядно, хотя мне больше хотелось быть снежинкой или розочкой, как мои подружки. Своего костюма я стеснялась, но и маме рассказать о своей мечте почему-то тоже не могла. На празднике Надежда Сергеевна загадывала нам разные загадки и раздавала призы с ёлки, а под конец мы бесились, и это было очень весело.

После Нового года я больше всего любила Первое мая. Утром мы шли на бульвар гулять и там обязательно фотографировались у пруда, покупали мороженое и блестящие мячики на резинках, которые продавали цыганки.

Вокруг было очень много людей с бумажными цветами и флагами. Папа мне объяснял, что они возвращаются с демонстрации на Красной площади. Но мне всегда казалось, что он что-то путает. Я же знаю, как люди ходят на демонстрации. Они должны быть в белых свитерах, белых брюках или юбках, как в кинофильме «Цирк».

А вечером Первого мая мы выходили на балкон смотреть салют. Салют оказывался прямо у нас над головой, и каждый раз, когда раздавался очередной залп, к нам на балкон сыпались разноцветные металлические кружочки. У нас во дворе эти кружочки очень ценились, и на следующий день мы с ребятами хвастались, кто больше их набрал.

На балконе я всегда испытывала ощущение полного счастья и настоящего праздника. Над головой расцветают яркие огни, они отражаются в пруду, вокруг шум и музыка, внизу на бульваре — толпы людей, на соседних балконах — наши знакомые. И мы все вместе кричим «Ура!» от общей радости.

Но в прошлом году мы уехали с Чистых прудов на другую квартиру, и всё в моей жизни изменилось. Здесь мы тоже встречали Первое мая. И хотя мама, как всегда, испекла вкусный пирог и к нам приходили гости, мне было очень грустно. Утром этот огромный двор был пустой, и там висела такая скучная тишина. Никаких цветов и флагов, никаких людей в белых свитерах, а вечером никто не кричал с балконов «Ура!», и оказалось, что салют из нашего окна вообще не виден, а были видны только пьяные у подъезда. Я сидела на подоконнике и не верила, что праздник может быть таким.

В школу я не хожу уже два месяца, и никто об этом не знает. В первый день после зимних каникул я вышла из дому, но скоро вернулась обратно. Мама с папой уехали на работу, поэтому я могла делать, что хочу. А хотелось мне делать две вещи — играть и читать. Сначала я поиграла в приключения, потом села читать «Трёх мушкетёров».

А потом я поняла, что могу делать так каждый день. Вторую четверть я окончила на «отлично», проверять меня из школы никто не будет. Пусть думают, что я болею. Поэтому по утрам я ухожу как будто в школу, но скоро возвращаюсь домой и начинаю собираться на бал.

Белое покрывало я вешаю на пояс от маминого халата и завязываю этот пояс вокруг себя. Получается юбка. Чтобы было пышно, надо всё покрывало собрать впереди в складки. От этого сзади на юбку ничего не остаётся, и там видны только тёплые штаны с чулками. Но это неважно: всё равно я на себя с той стороны не смотрю. Тюлевая накидушка с кровати идёт на верхнюю часть. Нужно завязать её на спине узлом, а на груди сверху вниз перевязать ленточкой. Получаются очень красивые оборочки.

Иногда я играю в Элизу из сказки «Двенадцать лебедей», иногда — в Русалочку. Пока никто не видит, я мучаюсь от любви и танцую на ножах, как она. Потом я читаю. «Трёх мушкетёров» я давно, как выражается папа, «проглотила», сейчас читаю рассказы О. Генри. Эту книжку я взяла у дедушки.

Мы теперь живём в разных местах, и я приезжаю к нему и бабушке в гости. Я попросила О. Генри почитать, но сама-то знала, что он мне ответит. Если тебе какая-то книга понравилась, дед отдаёт её навсегда. И никогда не берёт назад, даже если будешь очень просить. У него много старинных красивых книг, и на каждой из них внутри есть специальная пометка карандашом. Буковка означает фамилию автора, а цифра — порядковый номер книги. И от этого дедушкины книги нравятся мне ещё больше.

Но самое удивительное хранится в его большом письменном столе, куда я очень люблю забираться. Дедушка разрешает это нечасто, потому что меня от этого стола невозможно оторвать. Там в коробочках лежат старинные монеты и пуговицы, спортивный свисток, погоны, ордена и военные кресты, которыми дедушку наградили в Первую мировую войну. Эти кресты солдатские, но ими награждали не только солдат, но и самых смелых офицеров. Правда, один наш знакомый как-то сказал, что для нашей семьи было бы лучше, если бы дед получил свои кресты как солдат. А с этим офицерством ему всю жизнь мучиться пришлось. Но я с ним не согласна.

Ещё там есть картонные фотографии с золотыми тиснёными надписями внизу, старинная лупа на бамбуковой ножке, театральный бинокль из слоновой кости в бархатном чехольчике и чудесный веер чёрного цвета. Когда-то эти вещи принадлежали моей прабабушке. Веер и бинокль у меня самые любимые.

Я больше не хочу ходить в эту школу. Я не хочу, чтобы меня били и обзывали дылдой. Буду учиться сама, а потом сдам экзамены сразу за все классы на «отлично» и тогда признаюсь во всём родителям.

На новогоднем утреннике Валька Требухина обозвала новую девочку Лилю Агранович жидовкой. Лиля такая смешная, толстая и кудрявая, и её тоже уже никто не любит. А мне она нравится больше всех, и я хочу с ней дружить, только стесняюсь подойти первая. Я не разбираюсь в национальностях: может быть, Лиля полячка, а может, еврейка, какая разница? Мне стало так противно, и я этой Вальке сказала, что сейчас ей морду набью.

Но тут наш второгодник Кравченко, похожий на откормленную мышь из «Щелкунчика» Гофмана, весь свой насморк выплюнул мне на форму. Потом я его сопли смывала носовым платком под краном в школьном туалете, и уже Лиля меня утешала.

Дома я решила платочек прокипятить, чтобы уничтожить всю эту гадость. Его мне сшила бабушка, он был из очень тонкой материи, с нежными кружавчиками по краям и моими инициалами. Бабушка говорит, что у них в гимназии у всех девочек были такие платочки. В общем, пока я ревела в ванной, вода из мисочки выкипела и платочек превратился в золу. А мисочку пришлось выбросить.

Я больше не хочу ходить в эту школу. Когда мы жили на Чистых прудах, у меня была учительница Тереза Адамовна. Она была добрая и очень красивая. Просто не верилось, что она тоже, как мы, ест, спит и, что совсем невозможно, ходит в туалет. Мне кажется, что такие прекрасные женщины не могут этого делать. Как у них всё происходит, я не знаю,— скорее всего, им это вообще не нужно.

В новой школе у меня совсем другая учительница. Она толстенькая, с бородавкой на носу и всё время заставляет нас петь отрядную песню «Гайдар шагает впереди». А я этого Гайдара терпеть не могу, то есть не его самого, он ведь герой Гражданской войны, а его книжки. Но об этом я никому не рассказываю и пою вместе со всеми.

Эта наша учительница каждый раз приходит к нам на физкультуру и весь урок сидит в комнате физкультурника. Он даёт классу задание — каждому по тридцать отжиманий или играть в коллективные игры — и уходит туда же.

Нам, конечно, хорошо, никаких отжиманий мы не делаем, валяемся на матах и слушаем, что там у них в комнате происходит. Наши девочки говорят об этом жуткие вещи. Но я не верю. Неужели же взрослые, хотя и противные люди, могут делать такие невозможные глупости?

Физкультурник у нас — чёрный, толстый и бородатый. И всё время кричит, что мы бараны. Мне он напоминает Карабаса-Барабаса, а мы у него как марионетки. Я, конечно, хотела бы быть Пьеро. Он умный и благородный, сочиняет стихи и любит прекрасное.

Интересно: если благородное, то обязательно прекрасное или нет? Вот, например, Чудище из «Аленького цветочка». Я даже когда маленькая была, совсем не боялась, а наоборот, ждала, когда его покажут. И когда Настенька говорит: «Ты встань, пробудись, мой сердешный друг!» — я каждый раз от переживаний грызу ногти, что мне делать строго запрещено. Чудище мне почему-то больше нравится, чем Иванушка, в которого оно потом превращается.

Или, например, наш дом на Чистых прудах — он прекрасен, потому что он благороден. Хотя он совсем не такой большой и красивый, как дом, куда мы переехали. Здесь на здании много колонн, какие-то пристроечки, есть полукруглые окна и пол в подъездах мраморный, только очень грязный. В этом доме живут почти все из моей новой школы. Мне сказали, что его построили специально для завода «Серп и Молот», потому что у нас рабочие люди — самые главные.

Я этот дом с его красивыми финтифлюшками (а может быть, фентифлюшками — не знаю, надо у деда спросить) ненавижу. В лифте меня однажды поймал какой-то дядька и стал стягивать с меня трусы. Хорошо, что я тогда закричала, и он испугался. После этого случая я поднимаюсь к нам на пятый этаж только по лестнице. Но это тоже очень страшно. На лестнице обычно стоят пьяные. Они ставят бутылки на подоконник и ругаются неприличными словами. А когда идёшь мимо них, то загораживают тебе дорогу. Поэтому я часто стою внизу и жду, когда кто-нибудь из взрослых будет подниматься вместе со мной.

Скоро этот огромный дом станет ещё красивее. По его стенкам поставили строительные леса и начали его ремонтировать. Недавно мне приснился самый страшный сон в моей жизни. Мне приснилось, что на этих лесах стоят окровавленные жители этого дома, они рвут друг друга зубами на части и исподтишка сталкивают своих соседей с невиданной высоты.

Я ненавижу этот дом. Я ненавижу эту школу. А больше всего я ненавижу здесь всё.

Я не люблю людей. Я никогда их не любил. В детстве меня били. За то, что хорошо учусь, за то, что выше всех ростом, за то, что девчонки пишут записочки мне, а не другим. Меня лупили за школой, там, где обычно забивают стрелку.

Один на один со мной драться боялись. Били в четыре или шесть кулаков. Я не кричал, не звал на помощь, я защищался. И до сих пор меня бьют, а я защищаюсь. Только кулаков стало больше, и бьют они больнее, и сил моих стало меньше.

Я устал.

Не люблю людей, особенно тёток, женщин, девчонок и всё такое. Прошлым летом на даче, на своём чердаке, я часто представлял, как это будет у меня. Я не хотел, чтобы было как у отца с матерью: молча, с толстыми ногами матери, закинутыми на плечи отцу, с их сопеньем и неуклюжей вознёй, с их бесконечными ссорами по утрам.

Вечером я ложусь на пол и смотрю в лунку от сучка, которую я проковырял гвоздём, на то, что происходит у них в спальне. И никогда не забываю вернуть этот сучок на место. Если у них ничего не происходит, я чувствую разочарование, если происходит, то я ненавижу их за то, что они это сделали.

Ещё недавно я мечтал о том, что у меня будет всё-всё по-другому, не так, как у родителей. Что моя женщина будет до того лёгкая, что я буду её носить на руках, как котёнка. И мы будем только целоваться и говорить друг другу ласковые слова. Делать остальное очень противно.

Но потом я стал мечтать и обо всём остальном. Хотя это тоже должно быть совсем другим, не таким, как у родителей, и не таким, как у тех, кого я однажды застукал в подъезде, когда я сначала подумал, что тётку рвёт и потому она согнулась пополам. После этого рвало меня. Я еле добежал до квартиры и бросился в туалет.

Почему всё так некрасиво? Почему у женщин волосатые ноги? Почему у мужчин всё так жалко висит, а потом так страшно встаёт? Я смотрел на себя и не верил, что у меня тоже может всё так ужасно меняться. И вот недавно у меня началось. Мне очень стыдно, я не знаю, что делать, а сказать об этом не могу никому и ни за что на свете. Я сам потихоньку застирываю свои простынки, запихиваю их за батарею и потом снова стелю на матрас.

Весной я возненавидел нашу физкультурницу. Она хлопала нас по спине, подхватывала под мышки перед кольцами. Но я не ребёнок, я сам могу дотянуться. Я выше всех! А когда она подхватывала меня руками, то через её тренировочный костюм проступали её толстые сиськи. А я не хочу, чтобы они меня касались, мне это противно.

Ещё не выношу Верку — она самая здоровая из наших девчонок. Верка считает, что мы с ней — пара, потому что я — самый высокий среди мальчишек. Такая дура! Я же презираю женщин, я так ей и сказал. А потом я хочу, чтобы у меня была совсем другая — маленькая, как Дюймовочка.

Потом ещё ненавижу Зойку. Она приходит делать бабушке уколы и всегда шлёпает меня по жопе с вопросом, не нужно ли сделать пару уколов и мне. И когда её рука касается меня, мне становится как-то ужасно неудобно.

Зубную врачиху тоже терпеть не могу. Когда мне удаляли зуб, отец рядом сидел и держал меня за руку, а эта врачиха вдруг начала визжать благим матом. Оказывается, таракана увидела и всё просила отца этого таракана прибить. И так жалобно-жалобно губки свои складывала, а его руку от меня отодрать пыталась. Отец был в белой рубашке, и вдруг его лицо стало тёмно-красным, просто коричневым каким-то. Я потом слышал, как он по телефону эту Елену Михайловну, притворщицу, Алёнушкой называл. Я всё слышу, пусть не думают.

Но самая противная — это Белка, моя троюродная сестра. Она старше меня на восемь лет и ужасно воображает. У неё есть ухажёр, которого Белка зовёт не «Шура», а как-то по-змеиному — «Щ-щюра». И сама она на змею похожа, так мать моя говорит, но я думаю по-другому.

Её мамаша, видите ли, уже заранее знала, что дочь у неё будет красавицей, и потому назвала её ужасно глупо — Изабелла. Ну какая она Изабелла? Белка — она и есть белка. Такая же рыжая, хвост пушистый трубой стоит, и прыгучая ужасно. Кажется, что вот подпрыгнет сейчас и на землю не опустится, в небо улетит. У Белки длинные зелёные глаза и тонкие пальчики, а каждый пальчик заканчивается нежным розовым ноготком. Ненавижу её.

Потом я уже понял, что если какую-то девчонку не любишь, то тебе противно в ней всё: и как она выглядит, и что она говорит, и что делает. Ты не любишь её за плохое, но за хорошее не любишь ещё больше, потому что этим хорошим она только всё портит.

Однажды Белка со своим Щюрой приехали к нам на дачу. Матери в этот день с нами не было, и отец уступил им спальню, а сам ушёл спать на террасу. Я сначала терпел, но потом не выдержал и всё-таки вынул из доски свой заветный сучочек. Было совсем светло от луны, Белка спала, по-беличьи свернувшись в калачик, а рядом, как баранка, огибал её своим длинным телом этот Щюра.

Я подождал немного и тоже заснул, а рано утром проснулся от какой-то возни и хохота. В свой сучочек я увидел, что Щюра лежит на Белке, а сверху на Щюре лежит наш Леопольд и дерёт его спину своими длиннющими когтями. Леопольд орёт дурным голосом, Щюра под Леопольдом стонет, а Белка под Щюрой хохочет.

Так они не могли оторваться друг от друга ещё несколько минут. Потом Щюра наконец отвалился, Леопольд взвыл и из-под него выскочил, а Белка побежала искать йод. Поднялась ко мне, халат расстёгнут, живот виден, на животе веснушки, а внизу волосики, рыженькие такие. Ненавижу.

Я, конечно, знал, где у нас аптечка, но нарочно ей ничего не сказал. Отец меня выдал. У Щюры потом вся спина в кровавых царапинах была.

Молодец Леопольд! Я люблю его больше всех на свете. Ему почти шесть лет. Мать всё время грозится в шиномонтаж его вернуть, где мы с отцом когда-то его нашли. Чуть что, сразу орёт: «Щас в шиномонтаж тебя сдам!»

Но отец Леопольда в обиду не даёт. Однажды он сказал матери, что если с котом что-нибудь случится, то ей самой в шиномонтаж придётся уйти.

В тот день мы ещё ходили гулять в лес. Белка шла с Щюрой, а сзади шли мы с Леопольдом. Щюра снял спортивные штаны, а трусы свои закатал так, что сзади они превратились в верёвочку посередине. Он держал Белку за руку, а она всё время пыталась оторваться от земли и улететь, так, во всяком случае, мне казалось. Это было очень противно. Единственное, что меня радовало, это то, что на спине этого Щюры были распухшие кровавые рубцы. Мы с Леопольдом его ненавидим. И Белку тоже.

Правда, Леопольд потом меня тоже предал. Он всё время задирал голову и смотрел на Белку, пока она сюсюкала со своим Щюрой. Потом стал оглаживать своим толстым хвостом её ноги в беленьких плетёных босоножках, а потом забежал вперёд и бухнулся на тропинке прямо перед ней. Лапы все поднял наверх, растопырился, а голову свернул набок, странно, как ещё шею не вывихнул.

Вот тут Белка его заметила, схватила на руки и стала целовать между ушей. А Леопольд, гад, зажмурился, лапы свесил и застыл. И висит так: девять килограмм чистого веса, как моя мать про него говорит. Потом Белке стало тяжело, она его отпустила, и мы с Леопольдом опять плелись сзади и смотрели, как Белка Щюру за руку держит, как у него трусы задраны и какие на его спине кровавые следы от когтей.

Но Леопольду я этого всё равно никогда не прощу, я его тоже буду ненавидеть. Потом. Всё-таки он мой самый близкий друг, и терять его мне никак нельзя.

По утрам на ступеньках нашего крыльца красуется его ночная добыча. Мыши аккуратно сложены в ряд и лежат неподвижно, как сосиски. Леопольд каждый раз сидит рядом, отвернув голову в другую сторону, и всеми силами пытается показать, что ему вообще наплевать и на нас, и на тех мышей.

Отец после этого обычно берёт его на руки, долго ходит с ним вокруг дома и что-то говорит ему на ухо. Мне, в общем-то, всё равно, какие у них тайны, просто обидно. Я отца не спрашиваю, а он сам ничего мне об этом не рассказывает. Это, видите ли, их с Леопольдом мужские дела.

Потом отец его кормит. Леопольд мышей не ест, для нас бережёт, поэтому отец делает вид, что нам они очень нравятся, и прячет их подальше от Леопольда. Вроде как мы их съели. И это очень смешно.

Но, вообще-то, в моей жизни всё плохо. Людей я презираю, женщин — ещё больше.

Остаётся Леопольд, но он меня тоже предаёт. Каждую ночь он уходит на охоту за мышами и за кошками. Мать говорит, что у нас этих Леопольдов уже полпосёлка развелось — все на него похожи.

Я давно уже плохо сплю по ночам. Весной пахла сирень у калитки, потом — жасмин у окна, а недавно стало пахнуть ещё чем-то так сладко, что ноет внутри. Наверное, это отцовские розы. Он над ними трясётся, сам поливает, стрижёт и на зиму укутывает.

Я плохо сплю. Я устал. Мне уже тринадцать.

Лично
от себя

Эссе

Моей новой книжке

Ну вот, наконец-то мы встретились. Здравствуй, моя дорогая! Ты ещё такая новенькая, ты только начинаешь свою жизнь. Как сложится твоя судьба? Может быть, кто-то положит тебя на ночной столик и будет читать по вечерам. Может быть, кто-то вспомнит о том, что похожее было и в его жизни. Я люблю тебя, моя дорогая книжка. На твоих страницах жизнь моя и жизнь тех, кого я имела счастье или несчастье встретить за последние сто пятьдесят лет. Но главное даже не это. Главное, чтобы ты, моя дорогая, помогала людям. Чтобы кто-то улыбался, а кто-то уходил бы в ванную, чтобы никто, никто не видел слёз. Потому что взрослым плакать не положено. Потому что мы — сильные. Хотя на самом деле…

В общем, вы поняли.

Это не старость

Почему-то уже совсем неинтересно носить украшения, даже достойные («их у меня есть!»), неинтересно покрывать себя слоем всевозможных красок, одеваться в то, что модно, а не в то, что любишь. Это, наверное, возраст. Кто бы спорил. Но это совсем не старость. Это просто возраст —

когда вся эта группа жизненных интересов становится неинтересна, да простят меня мои читатели за тавтологию. Оказывается, жизнь прекрасна и без этого. Оказывается, можно жить без накрашенных ресниц. А когда-то мне казалось, что нельзя. А сейчас если я пытаюсь намазаться, то через пять минут начинаю «размываться», как профессиональная актриса. Потому что мне комфортно вот так — со своими никакими ресницами и глазками. Куда урулила вся эта «группа», я не знаю. Наверное, к тем, кто молод и горяч. А я — немолода и негоряча. Но я живая и тёплая. И это так приятно. Облетают, как «последние листья» из хорошего стихотворения, все эти ненужные теперь ухищрения понравиться. Не потому что это неважно, а потому что хочется, чтобы полюбили «чёрненькой». Нет, не так. Чтобы полюбили настоящей. Мне радостно понимать, что это поймут многие. Привет, девчонки! Это не старость, правда?

Я не хочу

Если бы мне было позволено прожить свою жизнь ещё раз, я бы прежде всего не стала тратить её, мою драгоценную, на людей, которые мне не нужны, неинтересны, а часто — неприятны. Как жаль мне лет, потраченных на тех, с кем я общалась из чувства долга, из тягостного «так нужно», «их нельзя бросать», «я должна»... И ещё есть такое гнусное слово — «неудобно». Я ничего не должна. Никому. Я не хочу тратить свою жизнь на ненужных мне, неинтересных мне людей. Почему я поняла это так поздно...

Черепахи умирают молча

Потому что они не умеют кричать. Но мы, видя, что это происходит молча, думаем, что это не больно, что это не страшно. Молчаливое горе очень удобно. Оно не тревожит других. И кажется, что если человек молчит, то с ним всё в порядке. А он умирает. Как черепаха.

Философский пароход

События последних лет не раз заставляли меня вспоминать этот пароход.

Вот он, большой и грузный, медленно отчаливает от берега советской страны советов и советских пролетариев, которые в пароксизме революционной страсти всё соединяются и соединяются, — и плывёт в неизвестность.

На борту — совсем молодые люди и старцы. Это те, которые «в пенсне и шляпах». Они — цвет нации. Но нация об этом ничего не знает. И не хочет знать.

Я вот что вам хочу сказать: тот пароход, который почти сто лет назад отплывал от берегов истекающей кровью несчастной страны, которую мы теперь чаще всего зовём совком, он ещё не приплыл в свой порт приписки, или как там его называют.

На борту этого парохода теперь очень много людей, гораздо больше, чем было тогда, в 1922 году.

На борту этого парохода — умные и талантливые, те, которые Божий промысел, те, кто мог бы быть гордостью той страны, в которой эти удивительные люди родились.

Но этого не случилось. И «философский пароход» все эти годы принимал на борт всё новых и новых пассажиров, тех, которые лучшие из лучших.

И продолжал плыть вперёд.

Пароход большой, люди там — удивительные, мера их таланта щедрая. Там — хорошо. И я, случайный пассажир-безбилетник, тайком пробравшийся туда, я не хочу на берег. Я хочу плыть вместе с ними. Просто быть рядом, просто смотреть, слушать и удивляться тому, как прекрасен может быть человек.

Кто мог подумать, что то путешествие затянется так надолго? И всё новые и новые люди появляются на борту этого судна. И, как и сто лет назад, они — лучшие из лучших.

Лопата

«Широко образованный человек» — на мой взгляд, это не самый лучший комплимент. Наверное, гораздо более ценной является не широта знаний, а их глубина. То же и в мыслительном процессе. Чаще мы скользим по поверхности, перескакивая с одной темы или сюжета на другой. И так до бесконечности. И лишь те, кто обладает способностью сосредоточиться на чём-то одном и глубоко копать, могут сказать миру что-то интересное.

Я — не могу. Лопата сломалась.

Ошибочка

Несколько раз встречала фразу о том, что как ты себя сам воспринимаешь, так тебя будут воспринимать и другие. Думаю, что это не всегда так. Собственное самомнение не всесильно. Перебрала в памяти тех, кто ставит себя очень высоко. И даже очень. Это бесконечное количество персонажей с гипертрофированным эго, высокомерных дам, считающих, что они созданы для того, чтобы им служили, постулирующих джентльменов, взявших за правило начинать свой очередной statement со снисходительного «Видишь ли, друг мой…» и пр. Вся эта публика чаще всего вызывает улыбку и желание держаться от них подальше. Короче, ошибочка, на мой взгляд, вышла.

Счастье в борьбе

Неожиданно для себя обнаружила, что девяносто процентов классиков всех времён и народов считают, что главное счастье, смысл и награда жизни — это борьба. За что и с кем, как правило, не уточняется. Даже наш кроткий А. П. Ч. отметился. Говорит, только ради этого и стоит жить.

Но это ещё не всё. Оказывается, самая прекрасная жизнь — это жизнь, прожитая для других людей (Х. Келлер). Да тут непочатый край работы для психотерапевтов, психоаналитиков и прочих «психо»…

О смене поколений

Когда я была маленькая, мне казалось, что наши тётки — агрессивные и малограмотные, злющие и уродливые, всегда в платках, халатах и тапочках — скоро должны исчезнуть, а на смену им должны прийти совсем другие пожилые женщины — элегантные, улыбчивые, мудрые. Прошло, можно сказать, полвека. Те тётки давно уже перемёрли. Но на смену им пришли их дочери и внучки. Такие же.

Жемчужина

Газетная заметка сообщала, что какой-то пенсионер из пригорода, зайдя в привокзальный общепит, во время приёма пищи чуть не проглотил жемчужину. То есть, к примеру, приехал какой-то наш дед из Электроуглей или, там, Железнодорожного в Москву, на Курском вокзале зашёл в какую-то привокзальную рыгаловку перехватить пирожок ни с чем, глядь, а в пирожке — жемчужина.

Читаем ещё раз.

Американский пенсионер из пригорода Нью-Йорка, приехав на вокзал Гранд-Сентрал, решил отланчевать в заведении «Ойстер-бар». Заказал там полдюжины устриц и в одной из них нашёл жемчужину. Поглядеть на этот чудо чудесное прибежал шеф-повар, а потом об этом написали в нашей местной нью-йоркской газетке. И даже фотографию размещали. Действительно, сидят два деда, один — посетитель ресторана, второй — повар. Улыбаются, жемчужину разглядывают. Ну, прям как у нас на Курском вокзале.

О жизни в телевизоре

В американском телике живут разные люди, как и вообще в мире. И каждый раз я не могу не удивляться, как в одном отдельно взятом ящике могут умещаться такие реалити-шоу и такие герои как… да, как…

С одной стороны, Ким Кардашьян, главной заботой которой является её необъятная задница. А с другой, совсем рядом, просто кликни на кнопку «Animal Planet» — передача «Pitbulls and Parolees» — про тётку Тиа Торрес и её дочерей, которые содержат собачий питомник, и заключённых, которых отпустили к ней ухаживать за собаками.

А собак много. И все — питбули. Брошенные, преданные, часто изувеченные, потерявшие веру в людей. Озлобленные, несчастные. Так вот, эта тётка выхаживает их и одновременно показывает и доказывает миру, что собаки эти — такие же добрые, ласковые, трепетные, как и любые другие. И что все эти легенды про их злобу — чистое враньё.

И к ней приезжают люди за собаками — взрослыми и часто измученными в прошлом. И забирают их себе. А потом плачут от счастья и удивляются, как могли жить без такого сокровища.

И заключённые тоже тут иногда дают слабину. Когда приходится прощаться. И на глазах огромного, неуклюжего негра появляются слёзы … Он не хочет прощаться. Поэтому кто-то остаётся там по доброй воле, уже после освобождения. А кто-то уезжает, взяв с собой своего, любимого.

Они, бывшие преступники, за это время стали другими. Их сделали другими собаки. И их любовь. И эта тётка, которая везёт на себе немыслимый воз ответственности, забот и моральных издержек. Поскольку на ней — всё. И собаки, и эти молодчики, которые, если что, — лучше и не думать…

И вот так, изо дня в день, с мётлами и совками, убирая клетки, выгуливая собак, они меняются.

Все эти существа — и люди, и собаки — начинают верить. Верить, что ещё не всё потеряно. И начинают любить. Ну а где начинается любовь, там уже всё просто. Потому как она совершает чудеса.

И не хочешь, а начинаешь шмыгать носом. И жалеть эту дуру Кардашьян, у которой всего-то и радости, что её жопа.

Время собирать камни

За свою жизнь мы проживаем несколько жизней. И те дамы и кавалеры, кто уже «на возрасте», хорошо знают это по собственному опыту.

Каждый этап жизни дарит нам свои сюрпризы. Возраст, который Владимир Яковлев деликатно называет «возраст счастья», тоже не исключение.

Когда недавно я пришла на приём к врачу, то увидела, что знакомая мне администратор клиники, уже немолодая женщина, одета в чёрное, а глаза у неё заплаканные. Умерла её очень пожилая мать.

Понятно, что это должно было рано или поздно случиться, понятно, что все мы не вечны. Но это знание не работает, мы оказываемся не готовы к тому, что наш собственный старший возраст предполагает неизбежное расставание с родителями.

Через это проходят все. И никого этот ужас не обойдёт стороной. И потом долго придётся приучать себя жить вот так — с незаживающей раной внутри и поминальными стопками на день рождения и день ухода отца и матери.

Есть ещё одно обстоятельство, о котором мы не подозревали в молодости. Чем была тогда для нас дружба? Она была всем. Подруги, откровенные разговоры, вечерний звонок домой: «Мама, можно я у Ленки с ночёвкой останусь? Её мама разрешила … », секреты, которыми можешь поделиться только с ней, и клятвы «никому об этом не рассказывать».

То же самое и, может быть, даже серьёзнее — когда речь шла о мальчишеской дружбе.

Что теперь чувствуешь, когда встречаешь старых друзей? Часто в задушевных песнях поётся о том, как это здорово. А бывает, что как раз наоборот.

У каждого своя скорость движения по жизни, у каждого своя шкала личных завоеваний, побед и провалов. В умных книгах пишут, что нужно сравнивать себя не с другими, а с самим собой, но прежним. Трудное это дело.

В возрасте, когда пора «собирать камни», этих камней у каждого набирается, как грибов. У кого-то корзинка с белыми, у кого-то пакетик с сыроежками. Но цену каждому грибу знает только сам человек.

«И не надо меня ни с кем сравнивать! Меня жизнь мордой по асфальту по полной программе протащила, непонятно только, за какие грехи. Что ты знаешь обо мне, о том, каково мне было тридцать или двадцать лет назад? И что ты можешь понимать о моей жизни вообще? Козёл».

Это, возможно, и не то, что говорится в лицо, но это то, что часто думается.

Потому что очень больно и обидно. Старался, тянулся, хотел как лучше. Но не получилось или получилось совсем не так. И часто не потому, что ты хуже старого друга, а потому что звёзды не сложились, просто не повезло.

Это ведь когда выбился, поднялся, достиг и пр., думаешь, что это твоя собственная заслуга, что везения здесь — самая малость. Просто приятнее считать, что обязан прежде всего себе самому, а не какому-то там счастливому случаю.

А когда ни черта в жизни не получается, очень хочется сказать: «Ну почему так? Почему этому козлу свезло, а меня поставили в ту же очередь крайним?»

Да, конечно, можно считать, что это «возраст счастья» и что «никогда не поздно начать всё сначала». Но только в реальной жизни с годами чаще всего у каждого уже образуется своё освоенное и обжитое личное пространство. Кому-то оно нравится, а кому-то совсем нет, но выйти за его границы уже очень трудно. Потому что нет сил и остаётся не так уж много времени.

Поэтому человек старается оградить себя от неприятных сюрпризов. Да, когда-то дружили, да, когда-то в день по десять раз перезванивались. Но это было тогда, давно.

А сейчас не очень интересно и часто совсем даже не нужно. Одному не нужно, потому что он ушёл далеко вперёд и потому что не о чем там говорить с этим, который когда-то был друг. Он же половину не знает, а половину не понимает.

Другому — потому что очень обидно и тяжело. Он ведь тоже старался, а если не старался, то хочет думать, что это было так.

И нащупать что-то общее, тёплое, человеческое и тому, и другому сложно, да и не очень хочется.

Сюрпризы на этом если не финишном, то очень нелёгком этапе жизненного пути, конечно, возможны, но, скорее, теоретически. А практически — в жизни каждого из нас наступает «время собирать камни»: процесс исключительно деликатный, болезненный и интимный. Бессонные ночи, старые обиды, уязвлённое самолюбие и бесконечные попытки доказать себе, что твоя жизнь была не такая уж дурацкая и бесполезная.

Но у вас, наверное, всё совсем по-другому?

Ода раздражению

Оду глупости я уже написала (читайте мою книгу «Личная коллекция. Magnum Opus»). Теперь на очереди — ода раздражению.

Противная, казалось бы, эмоция. Раздражению подвержены неврастеники (все мы такие) и брюзги (почти все такие).

Так вот, я о том, что раздражение — это прекрасный шлюз, через который сливается в мировую канализацию злобы и ненависти всё плохое, что копится в душе. (Ударение на первом, ой, неправильно! На втором слоге…)

С возрастом мы свои эмоции расходуем всё более экономно. А ненависть — это ужасное, разрушительное чувство, которое губит прежде всего самого ненавидящего. Раздражение же — это некий буфер. Оно позволяет оставаться в более или менее контролируемом эмоциональном поле. Ну, раздражает тебя кто-то, ну и… сами понимаете что. Всегда можно отписаться, придумать причину не встречаться, просто высказаться в подходящей ситуации, выпустить пар. И жить дальше. Это лучше, чем ненависть. Правда, хуже, чем просто доброе отношение к окружающим нас людям.

О пользе мытья посуды

Агата Кристи говорила, что все сюжеты для своих детективов приходят ей в голову во время мытья посуды, потому что это такое противное занятие, что поневоле хочется кого-нибудь грохнуть.

Во времена посудомоечных машин градус драматизма несколько снизился. Например, мне, пока я разбираюсь со своими черепками, в голову тоже приходит разное не пойми что, но уже из серии «просто о жизни».

И когда я наблюдаю жизнь вокруг себя — в реальной её ипостаси или же виртуальной на Фейсбуке, то вижу разные сюжеты. И некоторые из них меня расстраивают.

Разного вида водоразделов среди человеков много. И среди женщин — тоже. (Ну, улыбайтесь же, паразиты!)

Так вот. Женщины, кроме всего прочего, делятся ещё на тех, у кого получилось и у кого не очень: у кого получилось проскочить в узкое горлышко волшебного сосуда, именуемого семейным счастьем, и тех, у кого не получилось. И ширина бёдер (она же величина попы) тут совершенно ни при чём. А есть ещё те, кого из этой обители счастья вышвырнула жизнь. По самым разным причинам.

Мне не нравится снобизм, с которым обладательницы брачного свидетельства и удачного мужа относятся к тем, у кого вместо этого — свидетельство о разводе или же просто свидетельство о рождении — своё собственное и, если повезло, своей детки. И ты — один на один со всем миром, и это так страшно…

Да. Когда-то мой отец (а для меня — любимый, любимый папа) говорил, что брак — это лотерея. И ты никогда в жизни не сможешь угадать, чем отзовётся через несколько лет ваша взаимная нежная привязанность, любовь, взаимопонимание и пр. Тайна сия велика есть, последствия непредсказуемы. Возможно, именно поэтому умудрённые горьким опытом родители иногда так болезненно воспринимают замаячившее на горизонте семейное счастье своих чад.

И я хочу сказать, что если кому-то повезло больше, чем другим, то никакой их особой заслуги в этом нет. И даром предвидения эти счастливцы тоже вряд ли обладают.

Самый положительный мальчик может через несколько лет спиться, а другой — истаскаться, а третий — оказаться домашним тираном и сволочью. Далее по списку.

Мы не можем знать своего будущего. И не знаем, кому из нас повезёт, а кому — нет. И не нужно тем, кто пропихнул свою тушку сквозь вышеупомянутое горлышко и оказался на лужайке, где пасутся счастливые и не очень, но всё-таки пары, думать, что они лучше тех, кто остался там, на подступах к личному счастью и благополучию. Те, кто замужем и за мужем, ничуть не лучше тех, у кого мужа нет и вообще мало что есть.

И что такое невидимые миру слёзы одинокой женщины, никогда не стоит забывать даже самым благополучным из нас. Конечно, при условии, если они знают, что это такое.

Успеть

В споре на классическую тему «Бельмондо или Делон» я всегда выбирала Бельмондо. Ну что там объяснять, и так всё понятно. С его-то харизмой, мачизмой, улыбкой, подбородком и разбитым в боях носом можно было всё. И мне хочется думать, что так и было, что он на полную катушку пользовался своим сокрушительным обаянием и заставлял рыдать лучшую половину человечества, которой повезло уродиться в свободном мире, будь то Европа или какая другая часть света.

Мужчины типа Алена Делона мне всегда казались малоинтересными. Ну волосы шёлковые, ну брови широкие, ну глаза большие, ну профиль тонкий, ну очень красивый мужчина. Небольшой, даже хрупкий, немного томный мальчик.

Бедный Делон — ему пришлось ждать так долго, прежде чем моё мнение о нём претерпело кардинальные изменения.

Он немного обрюзг и потерял в былой привлекательности: уменьшились когда-то большие светлые глаза, тёмные волосы стали сивыми, появился второй подбородок. Случилось невозможное: Ален Делон стал старым.

Да и Бельмондо тоже не помолодел. Но для него вопрос внешней привлекательности никогда не играл никакой роли. Всё было в харизме — настолько победительной, что противостоять ей было невозможно. (Лично я, например, противостоять не могла. Так ему и передайте.)

Да, так об чём это я? О Делоне. Почти одновременно с фотографиями постаревшего Делона неожиданно для меня появились другие его фото, где он опять молодой, в тёплой куртке, откуда смотрят морды дворняг, подобранных им на улицах.

И вот я своим куриным мозгом пытаюсь объять необъятное. Оказывается, когда, по моему разумению, он волочился за каждой изящной юбкой-колокольчиком, когда крутил романы с самыми красивыми женщинами мира, он делал не только это. Он ещё и собак от голода и холода спасал. И носил добытую у военных лётную куртку (Да у моего отца была почти такая! Ален, слышишь меня? Мы же с тобой гораздо ближе, чем можно подумать! Но нет, я об этом ему не скажу. Потому что я гордая), чтобы запихивать в её недра найденных щенят и котят.

Так погибают легенды. Был красивый мальчик с глазами в пол-лица (Ну не идут мужикам такие большие глаза! То ли дело глазки Бельмондо!), а стал просто парень, у которого болела душа, который пригревал в своём доме всех голодных, трёхлапых, блохастых и чесоточных. Лечил, мыл, выкармливал, любил.

И вот смотрю я на фото постаревшего Делона. Какой-то пиджак, расстёгнутый ворот рубахи — это уже совершенно неважно. Обвисшие щёки, непробритая щетина в складках. Наверное, и это тоже не так уж важно. Рот — увядший. Взгляд — грустный и уставший.

Видимо, в свои восемьдесят с лишним лет он действительно устал. Думаю, от людей.

Потому что устать от собак невозможно. И от кошек, кстати, тоже. А у него их много. И он их любит. А они любят его. И кто скажет, что это не самая высокая и чистая любовь, которую подарила ему судьба.

Ален Делон здесь, с нами, благодарение Господу Богу. Но я хочу, чтобы эти слова моей благодарности и тихого обожания были бы сказаны сейчас, когда он уже очень старый, но он — живой. Я хочу успеть.

А Бельмондо я так же, как и прежде, конечно же, нежно люблю.

Вернее, теперь я люблю их обоих. И вечный спор «Бельмондо или Делон?» для меня окончен. Навсегда.

Великая сила

Велика сила искусства, не поспоришь. Про одиноких тёток среднего возраста, ломанувшихся в пригородные электрички искать своего «Гошу», мы помним. Поезда тогда не справлялись с нагрузкой, сантехники из Реутова и слесари из Железнодорожного опасались изнасилований в тамбурах вагонов и похищений с платформ Курского вокзала с дальнейшим содержанием в неволе в отдельных двухкомнатных квартирах в престижных ведомственных домах.

Но ведь и про девушек, внезапно полюбивших живопись и начавших регулярно посещать художественные выставки после хита «Ах, вернисаж, ах, вернисаж…», тоже забывать не нужно. Сколько их, приобщившихся за то время к прекрасному, и не сосчитать. И все они ждали, что рано или поздно прозвучат заветные слова:

Ах, вернисаж, ах, вернисаж!
Какой портрет, какой пейзаж.
Вот кто-то в профиль и анфас,
А я смотрю, смотрю на Вас…

Не знаю, как там сложилось у них в личной жизни, но не исключено, что искусство обрело в их лице новых почитателей.

Абажур

Хочу жить в доме, где есть занавески с оборочками, на круглом столе — скатерть, а на скатерти — вазочка с цветами.

Чтобы были этажерки с вышитыми салфетками и фарфоровыми безделушками на них.

Чтобы в доме было много книг и не было бы телевизора.

Чтобы на стенках висели фотографии родных людей.

Чтобы утренний чай или кофе пить из чашки с блюдечком, а не из кружки.

Чтобы чай заваривали в чайнике с ситечком, а не совали бы пакетик в кружку.

Чтобы были ванильные сухари — маленькие, с блестящей спинкой и очень вкусные, в серебристой сухарнице.

Чтобы масло было в керамических маслёнках.

Чтобы завтракали, обедали и ужинали всегда только в комнате за тем самым круглым столом со скатертью, а не на кухне.

Хочу, чтобы постельное бельё было белым, накрахмаленным и пахло бы морозом.

И абажур! Абажур над столом! Оранжевый, с кистями …

Это мы не кушаем

О том, что в каждой семье есть свои шуточки и словечки, понятные только посвящённым, писал ещё Л. Н. Толстой. В нашей семье тоже было полно разных условных «штучечек», которые могли сказать нам больше, чем подробные объяснения.

Вот история о том, как родилась одна из них.

Однажды приходит к маме наша соседка по лестничной площадке с тарелочкой, на которой лежит кусочек чего-то нежного, украшенного морковкой и вкусно пахнущего. Сама пребывает в полном недоумении. Надо сказать, что хозяйка она была фантастическая, готовила вкуснейшие вещи — от тортов до сложнейших закусок. Была разведена, имела двоих детей и пользовалась успехом у мужчин. Много лет её добивался один дядька, одинокий холостяк. Наконец взял её измором, и она согласилась выйти за него. Так вот, приходит она к нам, садится для долгого разговора с мамой в кухне и рассказывает, что сделала на ужин мужу заливное из рыбы (НЕ стрихнин, как у Наденьки). Как вещдок показывает маме то, что на тарелочке, и говорит: «Мой Дима вкуснее покупных котлет за шесть копеек и пельменей „с котятами“ ничего в своей холостой жизни не ел. А тут сел он ужинать, поковырял в тарелке, и знаешь, что мне выдал? (Далее следовало короткое матерное слово.) Что заливное у меня получилось непрозрачное…» Мы тупо уставились на ароматный кусочек желе. Сквозь него просвечивала розочка, которая была нарисована на дне тарелочки…

Вот с тех самых пор выражение «заливное непрозрачное» прочно вошло в наш домашний вокабуляр. Со стороны, наверное, понять, о чём это мы, было сложно. Но мы-то знали, что имели в виду, когда говорили: «А… ну, понятно: заливное непрозрачное…»

Секрет

К вопросу о секретах семейного счастья. Девочки, открываю свою страшную тайну: хвалите мужа. Как можно чаще. Получилось у него в жизни что-то сделать или не получилось, неважно. Потому что он хотел как лучше, потому что у всех не всегда получается. Потому что кто, если не вы.

Как-то раз в ресторане я предложила своей знакомой поблагодарить наших мужей за то, какие наши мужья молодцы: вывезли нас «в люди», ресторан такой хороший нашли. Дело было, конечно, не в ресторане… Но вы бы видели лицо мужа моей знакомой. От неожиданности и благодарности он чуть не заплакал. А что мой муж? Вы помните такую песенку: «Я б стоял в сторонке, улыбался и своих соперников жалел»? Примерно так…

Королевское

Кажется, я поняла, почему аэрофлотовские стюардессы обычно так по-королевски величавы, так снисходительно высокомерны и так предупредительно неторопливы.

Потому что у них тот же дресс-код и выученные поведенческие модели, что и у членов королевского дома.

Итак: гладкая причёска (у нас — пучки), головные уборы (пилотки), костюмчики, чулки телесного цвета и туфли на небольшом каблуке. Маникюр — должен быть, но ногти короткие и лак светлый. Ходят, улыбаясь. Говорят приветливо. И страшно далеки они от народа. Но скрывать это матушке-королеве и принцессам удаётся намного лучше.

Как обо мне лучше думали

Однажды мать одной моей знакомой попросила нас с мужем забрать свою дочь из больницы после удаления аппендицита и на нашей машине довезти эту девицу домой. Ехать пришлось к чёрту на рога. Наконец приехали, встретили, погрузили, привезли, передали мою знакомую с рук на руки мамаше.

Припарковаться у её дома нигде нельзя. Муж остался на «аварийке» ждать в машине, я несу её вещи, провожаю до квартиры. Открывается дверь, дальше — тяжёлая пауза и вопрос мамаши: «А где Ирочкина шапка?»

Я (изумлённо): «Не знаю…»

Мамаша: «Так что, она всю дорогу без шапки ехала?»

Я: «Наверное…» (Справочно: Ирочке было тогда за сорок.)

Мамаша с возмущением: «Неужели вы не могли проследить? Я о вас лучше думала…»

Вот так.

Паровозик из Ромашкова

Чехов писал, что хорошему человеку может быть стыдно и перед собакой. Это точно, по отношению к зверям можно испытывать все те же многочисленные эмоции, что и по отношению к человеку.

И ещё можно испытывать чувства по отношению к «вещам», вернее, к объектам неодушевлённым. Например, чувство вины перед своей квартирой или родительской дачей, которую приходится продавать, собственными старыми вещами и пр. Понятно, что чувства к неодушевлённым предметам — это овеществлённая любовь к нашим близким или своему прошлому.

Но есть и другое. Когда я в первый раз увидела, как героиня Инны Чуриковой в фильме «Плащ Казановы» прислоняется щекой к каменной опоре древнего венецианского моста и шепчет: «Мост, какой же ты красивый», — я забегала по потолку. Я же думала, что это у меня отклонение такое: признаваться в любви тому, что услышать тебя не может. А оказывается, вовсе нет.

Человек сам волен решать, настолько наполненным и одушевлённым будет его мир. Заповедные избушки или величественные здания, мосты, ограда парка, железная дорога, наконец. Я не шучу. Можно быть влюблённым и в железную дорогу.

В Баварии, в Гармиш-Партенкирхене, есть такая — моя любимая. В окружении гор, цветов и травы, среди расписных домиков ходит реальный, но похожий на игрушечку поезд — настоящий «паровозик из Ромашково», как в одноимённом мультике.

Смотреть на него доставляет мне почти физическую радость. И приезжая в Гармиш, я каждый раз шёпотом здороваюсь и признаюсь, что она, эта дорога со своими аккуратными, свежевыкрашенными шпалами, белоснежным щебнем между ними, цветами вдоль рельсов, «паровозиком из Ромашково», прекрасна.

Цветок

Воспоминание, которое, наверное, останется в моей памяти навсегда и будет не раз ещё мирить меня с жизнью.

На лужайке рядом с нашей взрослой компанией играли дети. Взрослые, как водится, стояли на травке у столов и разговаривали с бокалами вина в руках.

Вдруг кто-то тронул меня за руку. Передо мной стоял мальчик лет шести. Он, задрав голову, смотрел на меня и молча протягивал мне белый цветок, который, вероятно, сорвал на ближайшей клумбе. Отдал его, застеснялся и убежал к другим к детям.

Выбор

На исходе зимы появились признаки тяжёлой депрессии у некоторых моих друзей-ровесников. Для них и пишу. На мой взгляд, нежелание жить и желание умереть не совсем одно и то же. Когда человек хочет умереть, он находит много простых и эффективных способов это сделать.

А вот когда не хочется жить, начинается самое трудное. Что делать, куда податься, как с этим справиться?

Мне в похожей ситуации когда-то помогла вот эта нехитрая мысль. Читаем медленно и вдумчиво: итак, у нас всегда есть выбор — жить или не жить. Не жить — всё понятно. Точка.

Но если мы выбираем жить, то ничего не остаётся, как этой сознательно выбранной нами возможности радоваться. И помнить, что жизнь — это наш осознанный выбор.

Феномен самоидентификации

Самым высокомерным человеком, которого я когда-либо встречала, была дама, муж которой работал в одном советском посольстве. Он чинил посольские холодильники, так как местные мастера на территорию не допускались.

Они приехали в загранкомандировку из Волоколамска, где муж трудился в городской службе ремонта бытовой техники, а эта дама — бухгалтером в ЖЭКе.

Я чрезвычайно признательна судьбе за то, что когда-то увидела сие сокровище. Прекрасная прививка на всю жизнь.

Дама воспринимала себя как имманентную (я не боюсь этого слова) составляющую дипсостава, была утомлена жизнью на Западе и вообще, судя по её сентенциям, исходила из того, что посольство вместе со «всеми этими дипломатами» существует для того, чтобы там были холодильники и чтобы было кому их чинить.

Насколько я понимаю, это называется «феномен самоидентификации».

Думаю, нигде не бывают так царственно величавы продавщицы дорогих магазинов, как в России. Они будут снисходительно предлагать вам мягкую мебель за двадцать тысяч долларов или же декоративную подушку за шестьсот — тоже долларов. И так же снисходительно улыбаться, когда выяснится, что цена для вас высоковата: «Господи, ну что такое „двадцатка“?»

То же самое произойдёт в тамошнем автосалоне или же в домостроительной компании.

Подозреваю, что и при покупке персональной яхты вас будет ждать то же самое.

Везде вас будут встречать молодые девушки или юноши с именными бейджиками на блузках или пиджаках, которые будут недоумевать по поводу слов «слишком дорого» и которые будут по-свойски называть пятьдесят тысяч долларов «полтинником», а сто тысяч — «соткой».

Каждый из них, вероятно, ощущает себя частью того недоступного простым смертным мира, где люди легко и красиво тратят деньги, — чаще всего, правда, шальные.

Каждый из них в душе давно уже миллионер и презирает нас, убогих, и наши «двадцатки».

Самоидентификация, понимаешь…

Именно поэтому я не очень люблю покупать яхты. А вот заходить в книжные и зоомагазины просто обожаю.

И прежде всего здесь, в Америке.

Не только потому, что люблю книги и зверей, но и потому, что знаю: там я могу поговорить или получить совет, что прочитать или как лучше ухаживать за нашим котом. Мне нравятся там и люди, и обстановка, и атмосфера, и много чего ещё, что делает одни места приятными для души, а другие — нет.

И это, наверное, тоже самоидентификация.

Сон разума

Моя знакомая исповедует традиционные ценности: дом, дача с огородом, телевизор. Что, в общем-то, было бы нормально, такой среднестатистический вариант проживания своей жизни. Если бы…

Я нс беспокоюсь о том, что она когда-нибудь прочитает эти строчки. Одноклассница моя всю эту муть в упор не видит, читает детективы в метро и смотрит сериалы дома.

Ей неинтересно, что творится вокруг неё, она не хочет этого знать. Её никто не трогает, а на остальное наплевать. И вообще, главное, чтобы огурцы не помёрзли.

Посмотрела я в сети, чем же её взрослый сын живёт. Свастика, православные кресты, противогазы. Говорит о том, что шарик земной кругленький, до всех они доберутся…

Поняла, что сон разума действительно рождает чудовищ.

«Я хотела бы жить с вами
в маленьком городе…»

Сколько раз в жизни я повторяла эти слова Цветаевой. Маленькие далёкие города, маленькие далёкие страны… Новая Зеландия, Норвегия, Исландия… Как я их люблю… А знаете, что такое Лихтенштейн? Когда тридцать лет назад я спросила у хозяйки крошечной гостиницы, не праздник ли у них сегодня, она мне ответила:

«Мадам (господи, это я-то „мадам“?), у нас каждый день — праздник». Я эти слова запомнила на всю жизнь. И затосковала.

P. S. Про то, что хорошо там, где нас нет, и про то, что везде есть свои проблемы, я в курсе.

Подробности

Несколько лет назад я написала рассказ «Отсутствие возражений» и отослала его в один хороший журнал, где у меня было уже много публикаций. Редактор позвонила мне и сообщила, что опубликовать его они смогут, только если я уберу «некоторые физиологические подробности». Я отказалась, они не опубликовали. Ну и всё, вроде бы сказке конец. И я давно забыла бы эту историю, если бы в самом конце нашего разговора она не произнесла: «А вообще, это точно про меня…» И всхлипнула.

По внутренней стороне забора...

Обожаю всякие домашние, непонятные для непосвящённых, словечки. Мой отец всегда с неохотой отпускал меня куда-либо. На даче, когда я хотела погулять на природе, он с пристрастием спрашивал, где меня искать, если что... Для его спокойствия я говорила, что буду ходить вдоль забора, который окружал наш дачный посёлок. Отец каждый раз не мог удержаться и спрашивал, по какой стороне забора я буду гулять — по внешней или по внутренней. Для его спокойствия я отвечала, что, конечно же, по внутренней... Так в нашем доме родилось выражение: по внутренней стороне забора...

Ещё раз про любовь

Что собой являют общественные туалеты в России, гражданам этой великой и прекрасной страны объяснять не нужно. То ли дело коммерческие заведения новой эпохи недоразвитого капитализма: плати по таксе, получай в руки кусочек туалетной бумажки и топай в кабинку. Пахнет там тоже «не очень», но до обмороков дело не доходит. Всё в пределах отечественного стандарта, даже хилые цветочки на подоконнике в предбаннике изредка случаются. Конечно, лучше там никогда не бывать и даже о них ничего не знать. Но иногда отступать некуда... Однажды на подмосковном строительном рынке — месте явно «не для дам-с» —

наблюдала я такую картинку: сидят в туалетном вагончике две бабушки-смотрительницы, одна из «М», другая — из «Ж», и разговаривают. И такая душевная беседа у них происходит, что им ни до чего. Та, что из «Ж», взяла у меня, не глядя, плату за вход в это святилище или чистилище и пальцем ткнула в сторону кабинок.

Обе бабушки говорили о своём. И что-то было в их лицах и интонации необычное, что заставило меня остановиться и прислушаться. Они говорили о любви…

Знак качества

Это когда пять уголков, а в середине — что-то невнятное. Ну же, вспоминайте!

Так вот. У меня есть фен для волос — не бог весть какая ценность. Но он интересен не только тем, что прекрасно работает, но ещё и тем, что купила я его тридцать пять лет назад в маленькой Швейцарии, которая его и произвела. Где по улицам ходят коровы в венках и на фабриках серьёзные люди в белых колпаках делают шоколадки для детей и взрослых. Ну, ещё сыр. И часы.

Да, кстати о часах. Когда мой дед в 1912 году окончил юнкерское училище, его дед подарил ему часы. Швейцарские, марки Omega.

Эти часы мой дед носил всю жизнь. Менял только кожаные ремешки. Когда дед умер, наша бабушка остановила их на времени, когда это произошло. И больше никогда их не заводила. Не будь её воля, часы ходили бы до сих пор…

Моди

Модильяни… кто ж его не любит? И кто не очарован фильмом о нём? Для меня проблема в том, что Энди Гарсиа в этом фильме обладает более значительной, загадочной, наповал бьющей, покоряющей внешностью, чем сам Модильяни. Вот и разбирайся: талант у Моди, а внешность у Гарсиа… Хотя у Гарсиа тоже талант, талант не художника, но актёра.

Его переносица, губы, взгляд. Он (конечно же, его герой, но я об этом уже не помню) мог бы осчастливить человечество, кто бы спорил… И не смог малого — сделать счастливой женщину, которая любила его. По-настоящему.

Он был из тех, кого любят без памяти, за кем ползут. Счастливы и прокляты женщины, которые знают, что это такое. И упаси господь кому-либо узнать, каково это.

«Щелкунчик»

Когда я родилась, родители жили на Сахалине: моего отца, военного лётчика, отправили туда служить. Тогда на Дальний Восток военных отправляли пачками. Весь лётный состав размещался в бараках. В этих бараках когда-то жили аборигены-корейцы, но они не выдержали первобытных условий и холода, побросали всё и уехали. И туда заселили наших героев-фронтовиков. Но родители всё равно всю жизнь вспоминали эти годы с нежностью.

Так вот, там всё время стоял кошмарный холод. Чтобы меня согреть, родители часто ставили меня в отцовский унт на волчьем меху.

В унте было очень тепло, и, говорят, мне это очень нравилось. Я там могла стоять подолгу. Наверху оставались голова в шапке и руки в варежках.

А по ночам к нам приходили крысы — греться. И родители клали меня между собой, чтобы крысы меня не сожрали. Вот такой «Щелкунчик» в советском исполнении.

Коняга

Женщина, она же хозяюшка, «яжемать» и боевая подруга, — существо самоорганизующееся. В том смысле, что вышеперечисленные её ипостаси, первичные, как половые признаки, ничем не регламентированы.

Это на работу нужно пилить к девяти, там трудиться в соответствии с должностной инструкцией, а потом отползать к очагу и прочим станкам. А дома — всё, что делается, и всё, что не делается, подчиняется прежде всего её доброй или недоброй воле. Убирать квартиру или ну и чёрт с ним, готовить или обойтись покупными котлетами и супом из пакетика, стирать — как экстремальный вариант — в тазике мужнее исподнее или предпочесть этому ночь любви… Все эти экзистенциальные выборы женщина совершает сама, идя навстречу своему, чаще навязанному противным социумом, чувству долга. То есть преодолевая врождённое, заложенное природой стремление к пофигизму.

Это преодоление — процесс исключительно внутренний, даже интимный, если, конечно, рядом не стоит супруг с монтировкой в руке.

Вот и получается, что женщина — она же хозяюшка, «яжемать» и боевая подруга — существо надёжное, дисциплинированное и предсказуемое, как старая, добрая коняга.

Пофигизм, может, и случается, но потом компенсаторный механизм с тряпкой наперевес берёт своё.

Ну ладно, чтой-то я разболталась. У меня ванная ещё немытая и половой вопрос не решён. В том смысле, что кроме тряпки меня ждёт ещё и пылесос. Ну, и чувство долга.

Наши сети

Я люблю Фейсбук за то, что он подарил мне знакомство и возможность общаться с очень интересными людьми. Своих друзей я подбираю тщательно, случайных людей среди них почти не бывает, зато ярких, талантливых, ироничных и добрых — много. И ещё одно обязательное условие — это любовь не только к людям, но и к животным. Любым, всяким и разным. И вообще к природе.

Почти каждый день я размещаю на Фейсбуке свои посты — короткие и обычно совершенно спонтанные записи того, что приходит в голову.

И мне это нравится. Это маленькие сколки той внутренней работы, которая постоянно идёт в каждой человеческой душе. В моём случае — это ещё и возможность увидеть реакцию друзей, прочитать, что они думают на ту или иную тему.

Сон

Однажды мне приснилось, что я приговорена к казни, но, чтобы она состоялась, российские власти обязали меня собрать много-много справок. И я бегаю по инстанциям, унижаюсь, объясняю, жду.

Казнь состоится по-любому. Вопрос — насколько она будет мучительной.

И во сне я очень старалась собрать «весь необходимый набор документов». Мне было для чего стараться.

Мелочи жизни

Когда я первый раз приехала в Америку, то, конечно, многому удивлялась. А сейчас — нет.

Меня не удивляют мамочки, которые бегают по парку, толкая перед собой коляску. Они родили, им надо восстанавливать форму. Поначалу это было пугающее зрелище: а если на набережной выбоина?

Потом доверие к покрытию под колёсами колясок стало мне понятным. Хотя я сама никогда бы не рискнула — историческая память не позволила бы.

Меня не удивляет, что с наступлением холодов девушки надевают на голые ноги вьетнамки. После того как я увидела в Калифорнии девиц в купальниках и уггах, я перестала этому удивляться.

Меня больше не удивляет, что на улице или в метро ко мне может подойти незнакомый человек и сказать, что ему нравится моя сумка или резиновые сапоги с журнальным принтом, а потом улыбнуться.

Меня не удивляет, когда мужик в строительной каске и заляпанном рабочем комбинезоне, столкнувшись со мной в дверях аптеки, даёт задний ход, выходит на улицу и, придерживая дверь, ждёт, когда я тоже выйду.

Меня совершенно перестало удивлять, что люди здесь одеваются очень просто, то есть чаще всего вообще — кое-как.

До холодов, до самого снега, джентльмены ходят преимущественно в трусах «типа шорты» и шлёпках, дамы — в легинсах с кроссовками.

Удивляться этому глупо, и никакой связи с финансовыми возможностями обладателя такого ансамбля здесь усматривать не нужно. Для этих людей это просто не имеет никакого значения.

Меня перестало удивлять, что в холодную погоду маленькие дети здесь гуляют без шапок и при этом не болеют. Почему — не знаю, вероятно, иммунитет хороший. Знаю только, что гуляют они с непокрытой головой. А я хожу в шапке.

Меня вовсе не удивил тот факт, что в течение трёх месяцев в нашем микрорайоне строили собачью площадку — это общественная, а не частная площадка — с подведённой водой, дренажной системой, освещением, пакетиками для уборки за собаками, лавочками для хозяев и цветочными газонами вокруг. В последний день рабочие тряпками и жидкостью для мытья стёкол до зеркального блеска натирали красивые никелированные урны, куда в скором времени хозяева собак должны были выбрасывать пакетики с собачьими сами знаете чем.

Больше меня не удивляют большие клетки с котами, выставленные на столах вдоль тротуаров. Их по выходным привозят волонтёры, и каждый желающий может выбрать себе зверя. Но чтобы тебе такого котика доверили, придётся доказать, что он попадёт в любящие руки и достаточно обеспеченный дом.

Меня не удивляет то, что по утрам в нашем парке на газонах перед годовалыми малышами играют на гитарах и поют молодые ребята.

Мамаши сидят на траве, дети прыгают в такт у них на коленях или пытаются передвигаться — кто пешком, кто ползком. Играют ребята бесплатно — это тоже волонтёры.

Когда я пытаюсь встать в очередь к кассе с пакетом молока в руках, я уже не пугаюсь того, что стоящие в той же очереди граждане с тележками просят меня не смешить их этим моим пакетиком и пройти вперёд для оплаты.

Маленькими детьми здесь занимаются очень серьёзно. И часто — взрослые и на вид вполне успешные мужчины. Рядом с нашим домом находится начальная школа. Гулять, играть на футбольном поле, валяться на траве в парке дети чаще выходят именно с учителями и воспитателями, а не с учительницами и воспитательницами.

Я с пониманием отношусь к тому, что наш building manager, управдом то есть, к грядущему празднику Хэллоуин приобрёл шикарный костюм Бэтмена. Всю предпраздничную неделю он будет ходить не в форменной рубашке и брюках, а в синих рейтузах с красными плавками, если не сказать трусами. А за спиной его будет развеваться длинный голубой плащ. Деньги на костюм выделил общественный совет нашего дома.

Я спокойно воспринимаю такую странность, как отсутствие занавесок в домах американцев. Жалюзи от солнца — да, а тюль и шторы — как правило, у наших соотечественников. Я не знаю, что это. Мне кажется, что это доверие к миру, что за окнами.

Я сижу на лавочке в вагоне метро до тех пор, пока поезд не остановится, и только тогда начинаю пробираться к выходу. Наше «готовьтесь к выходу заранее» тут почему-то не работает. С сидений поднимаются тогда, когда поезд уже стоит. И никому не приходит в голову спрашивать друг у друга: «Вы выходите на следующей?» Когда первое время я пыталась это делать, на меня смотрели с удивлением, а я переживала, что не успею выйти на своей остановке. Но оказалось, что переживала я напрасно. Все успевают и выйти, и войти. Машинисты внимательно следят за тем, что происходит на платформе и никогда не закроют двери, прежде чем все пассажиры не закончат посадку.

И я уже не удивляюсь тому, что всё это меня давно не удивляет.

«В момент влюблённости человек переживает Бога»

Внимание. За сказанное ниже со мной разорвали отношения несколько уважаемых мною людей. Но я всё-таки выскажу своё мнение ещё раз.

«В момент влюблённости человек переживает Бога»… Умная фраза умного человека в умном фильме. Удивляет меня то, что умные люди берут на себя смелость рассуждать — нет, не на темы любви, это всегда пожалуйста. Меня удивляет, что кто-то может знать, в какие моменты «человек переживает Бога», а в какие — нет. И происходит ли это вообще.

Счастливы обладающие патентом на истину. Они верят, что им дарованы сокровенные знания, и убеждают других верить тому же.

Летний роман

Прошлым летом у меня случилась любовь. В конце июня нам с мужем пришлось переехать во временное жилище в предместье Нью-Йорка, в дом, окружённый лесом. И это были удивительные два месяца, когда по вечерам к нам на полянку за домом прибегал крошечный зайчонок, который подолгу сидел недалеко от меня на травке и молчал о чём-то своём, а я поначалу боялась дышать, чтобы не спугнуть его, а потом мы подружились так, что я многократно фотографировала его вблизи и теперь храню эти снимки как подарок, сделанный мне мирозданием.

Каждое утро я уходила в лес, на просеку. Она была широкая, с тропинками, перевитыми корнями, наполненная светом и тенями деревьев. И там была липа… Огромная, раскидистая, с мощными ветками, которые могли бы быть самостоятельными деревьями, с широченной кроной листьев, с тяжёлыми ароматными соцветиями. Собственно, всё и началось с аромата. Этот запах помнят многие из нас, особенно студенты. Потому что в России липа цветёт во время летней сессии, когда нет сил сопротивляться этому дурману и одновременно нет возможности оторваться от учебника, потому что на следующее утро нужно идти на экзамен.

Да, сначала был аромат, вернее, сладкий дурман. Я пошла на этот аромат и в первый раз увидела её. Она стояла такая щедрая, такая добрая, такая большая и уже старая. Дерево, умудрённое жизнью, видевшее многих людей, проходивших мимо неё многие годы. Кто-то из них её замечал, а кому-то было не до неё, а она тихо дарила свой аромат, тень и прохладу каждому. Я полюбила её с первого взгляда. Утром я торопилась к ней, чтобы обнять, поздороваться и признаться, как я её люблю, как благодарна за то, что она встретилась мне. Дерево молчало, но я-то знала, что наш разговор просто не слышен. Конечно же, я начинала обниматься с ней не сразу, а предварительно осмотревшись и убедившись в том, что ни пешеходы, ни велосипедисты, проезжающие мимо, не смогут меня застукать за этим занятием. Представляю, как это выглядело со стороны: тётя, обнимающая ствол дерева, прижимающаяся к нему щекой и шепчущая нежные слова. Короче, мне совсем не хотелось в психушку, а потому я проявляла несвойственную мне смекалку и даже находчивость. Оглянувшись и проверив, что мы с ней в безопасности, я протягивала руки к стволу и говорила: «Ну вот я и пришла к тебе, моя дорогая липочка». Да, если честно, то бывало и так, что я ревела, рассказывая ей самое-самое. И каждый раз я прощалась с ней до следующего утра. А если мимо нас в тот момент кто-то проходил, я просто махала ей рукой, ну как бы муху отгоняла. Ну ведь могла же я отгонять какую-нибудь насекомую букашку? А один раз в тот момент, когда мы стояли обнявшись, ко мне подошёл неизвестно откуда взявшийся маленький котик, который, оглушительно мурлыча, повалился мне на ступни ног. Я тут же зашлась от жалости, взяла его на руки, но оказалось, что жалеть его, к счастью, было совсем не нужно. На пушистой шейке было целых два ошейника, и один из них — с подсветкой. Так что за этого малыша можно было не беспокоиться. Неподалёку, среди леса, стояли жилые дома, откуда он и пришёл.

После этого мы ещё не раз встречались с ним около моей липочки, и тогда наша компания являла собой пример абсолютной гармонии: было дерево, зверь и homo sapiens, хотя и не особенно разумный.

Время шло быстрее, чем я этого хотела, наше вынужденное проживание в доме у друзей подходило к концу. И с тревогой я вспоминала, что и моему счастью скоро придёт конец.

Я начала готовиться к расставанию где-то за неделю. В моём случае это означало опять же что? Что я начала тихо рыдать. Светало поздно, и потому я стала бегать к липочке по два раза в день, обнимала её и старалась запомнить кожей прикосновения её старой коры. Я уже не обращала внимания на проезжающих велосипедистов, да и они, похоже, привыкли ко мне. Во всяком случае, скорая медицинская помощь ко мне так и не приехала. Я прощалась: с летом, с ароматом цветов и травы, с моей липочкой. Я прощалась с моим зайчиком, который за два месяца немножко подрос, но всё ещё оставался совсем маленьким, прощалась со смешными енотами с толстыми попами, настоящими бандитами и грозой всех домовладельцев, которые тоже совершенно перестали бояться меня и поздними вечерами, когда зайчик уходил спать, выглядывали из-под кустов и смешили меня своими мордочками и ручками.

Уходило лето, уходило время, которое так неожиданно обернулось для меня радостью новой любви. Как хорошо, что любить можно в любом возрасте. Прошлым летом я пережила любовь, и это был один из самых чудесных романов в моей жизни.

А вы что подумали?

Из жизни симулякров

Празднование Дня Победы всё больше напоминает мне костюмированный бал. Молодые люди, на них пилотки, эротически расстёгнутые на грудях гимнастёрки у девиц. Происходит самоидентификация, как у продавщицы в дорогом магазине. Она (продавщица) идентифицирует себя с обладателями предметов роскоши и смотрит на покупателей уже с высоты своего как бы статуса. И презирает тех, кто говорит: «Нет, это для нас дорого».

Так же и эти ребята, которые, надев форму, чувствуют себя почти победителями.

Это они как бы воевали и как бы победили — так легко и красиво, просто пройдя по улицам в выгоревшей и как бы поношенной форме 40-х.

Смысл ушёл. Зато осталась форма.

Никогда, никогда не ездите на метро

Потому что там есть длинные переходы и платформы. И слышно там очень хорошо.

Когда я делала первую пересадку, я услышала «Аббу», но какое-то совсем необычное исполнение. Негромкое и деликатное. Путь мой по переходу был долог. Я прислушивалась к знакомой мелодии и за это время успела вспомнить, как ставила драгоценную пластинку с песнями «Аббы» на наш проигрыватель с надписью на крышке: «Дорогому Юре на 50-летие от боевых товарищей». Этот гроб с музыкой отцу подарили его однополчане, они вместе летали. Вы помните фильм «В бой идут одни старики»? Отец говорил, что это про них.

Под музыку «Аббы» в выходные я убирала нашу квартиру и представляла, что где-то есть большой, яркий мир, и мне так хотелось вырваться из родительской малогабаритки в панельном доме на окраине Москвы туда, далеко…

Когда я увидела наконец музыканта, то поняла, почему музыка звучала так необычно. На стульчике сидел пожилой дядька и играл на маленькой флейте. Мне было бы очень смешно, если бы я уже «не уехала» в свои воспоминания. Денег в футляре, лежащем перед ним, было не очень много. Но там появились и мои.

Через десять минут я сделала ещё одну пересадку и услышала в переходе «Ветер, плачь». Та самая музыка из «Профессионала» — с Бельмондо. Когда этот фильм вышел на экраны, я уже действительно «вырвалась». Я уехала на работу в Женеву и увезла с собой сына. Я помню, как мы с ним смотрели этот фильм. И помню, как он сделал всё, чтобы в конце не заплакать. И как у него это не получилось.

В переходе молодой парень играл на скрипке. У него тоже был футляр на полу.

Возвращаясь домой, я надеялась, что Бог меня милует и свою программу я уже перевыполнила.

…Музыку с платформы я услышала ещё на подступах к ней — это был аккордеон. На станции Grand Central часто играет один парень. Он с Кавказа и зарабатывает себе на жизнь музыкой. Я не знаю, что он ещё может играть, но в метро он исполняет только музыку советских времён. Ну, конечно же, он играл «Подмосковные вечера». Я помню, как мы пели вечерами у нас на даче. Участок у родителей был маленький, поэтому, когда мы вечером за столом, стоящим под яблоней, пели, это слышали на соседних участках. Калитка у нас никогда не запиралась, и к нам подходили наши соседи, садились на крыльцо или тащили с собой стулья. И мы все пели — народные, военные, про любовь. Всё, что помнили.

Сейчас всё это только память. И она только и ждёт момента, когда можно вырваться и громко сказать, что она есть, что ничего не забывается, что, даже если очень больно, всё равно это никуда не денется, а будет всегда сидеть внутри души и рвать её на части.

Финал: голова идёт кругом, внутри что-то мелко дрожит.

Граждане, будьте бдительны. Никогда не ездите на метро. Пользуйтесь наземным транспортом. Или ходите пешком.

Из подборки «Мальчишкам не читать»
О партии и о комсомоле

«О, моё доколготочное детство!»
(Эпиграф)

Дамы делятся на тех, кто в детстве носил х/б чулки в резинку, и на тех, кто это безобразие уже не застал. Кто помнит, что было самым страшным позором в школе?

«У неё штаны видны!»

Девочки, кто помнит мучительные усилия, когда, стоя у школьной доски, надо поднять руку для того, чтобы написать какую-то хрень наверху, и при этом сделать так, чтобы из-под поднявшегося вслед за рукой подола формы не показалась бы предательская сиреневая или салатовая полоска штанов типа трико?

А подмести пол на уроке, когда ты дежурная, а кто-то что-то там просыпал, уронил или что ещё. Или просто училка решила, что в классе недостаточно чисто? Надо наклониться к венику и в такой позе продвигаться по проходу между партами.

И опять из-под подола выглядывает исподнее или короткий край чулка.

Для меня это был каждодневный кошмар. Все чулки мне были коротки, все были чуть выше колен. Сколько тихих слёз я пролила в ночи, понимая, что никто и ничто не в силах мне помочь!

И когда появились колготки, я не могла поверить этому счастью. Они были самое дорогое, дороже даже Всесоюзной пионерской организации и Ленинского комсомола. Интересно узнать, как тогда дело обстояло с молодыми партийными кадрами женского рода.

А они готовы были за пару колготок продать самое святое?

Злая память

Думаю, что такое малопривлекательное качество, как злопамятность, может быть весьма полезным при общении со своим окружением.

Речь не о домашних и не о любимых. Там, на мой взгляд, механика взаимодействия иная. Там — любишь. А это совсем другая история.

Но о том, что знакомый, приятель, сосед, коллега и т. д. когда-то что-то сделал, или сказал, или же как-то повёл себя в определённой ситуации, о том, что нас тогда обидело, возмутило, неприятно удивило, забывать, на мой взгляд, не стоит.

Это значительно упрощает нашу жизнь. Ты уже знаешь, что можно ожидать от этого человека, и, как правило, эти ожидания нас не обманывают. Человек не меняется, вернее, он способен измениться только лишь под влиянием глубоких внутренних процессов и в результате большого труда души. Но это случается крайне редко. И если он поступил так один раз, скорее всего, может сделать и ещё.

Месть, на мой взгляд, плохой помощник в жизни. Удовлетворение от того, что кому-то нагадил в отместку, думаю, не отвечает ожиданиям. Но помнить о том, что тебе сделали гадость, нахамили или подвели, очень полезно.

Короче, всё уже придумано до нас. И всё, что я сейчас пыталась описать, давно уже сформулировано: «Кто старое помянет, тому глаз вон, а кто забудет, тому оба вон». Мне особенно импонирует вторая часть этой пословицы.

Хлам

Как-то вечером отец сказал: «Мне нужно с тобой посоветоваться, но так, чтобы мама ничего не знала». Советовались мы, естественно, на кухне. Речь шла о покупке магнитофона «Комета».

Сорок с лишним лет назад жить без него возможным не представлялось. У многих ребят из класса это сокровище, весом шесть килограммов, уже было. Кто-то, отмеченный особым везением, был обладателем звукозаписывающего устройства более благородного происхождения. Я очень ждала этого события, поскольку в те далёкие поры пела и играла на гитаре. То, что пищала я жалобным голосом, складывая брови домиком, и то, что играла я на восьми аккордах, в кровь раздирая себе подушечки пальцев, не имело никакого значения. Душа просила музыки и была открыта творчеству в любых его проявлениях: сочинённые в ночи стихи (никому и никогда не покажу), классические и современные романсы семейства «На заре ты её не буди» или «К чему нам быть на „ты“, к чему», мужественная «Если друг оказался вдруг». Ну и королева тёплых подъездов, где старшеклассники тех лет в обнимку — нет, не с девушками, а с гитарами — прятались от морозов: «Зимний вечер, злится вьюга, стынут руки, зябнет нос…»

А дальше подтягивают все. Петь надо с выражением и совсем негромко, практически полушёпотом, иначе жильцы с ближайшей площадки объяснят, куда они сейчас будут звонить и что с нами там сделают.

И кроме того — любовь. Которая играет и поёт лучше всех в классе. И которая, кажется (если только я сама себе всё это не придумала), подолгу останавливает свой взгляд на моём небрежном локоне, каждый раз совершенно случайно выбивающемся из-за уха.

Короче, магнитофон был не роскошь, не вещь. Это была насущная необходимость. Потому что музыка была — всё. Ну или почти всё, так как оставшееся пространство было заполнено стихами.

Мой хитрый папа, плотно закрыв дверь на кухне, тихо объяснил мне, что нам нужно решить, что сейчас нужнее: магнитофон для меня или новый плащ для мамы. Боливар не выдержит двоих, семейный бюджет и то, и другое не потянет.

Мама голосует за магнитофон для меня, отец это уже знает. И теперь он хотел поинтересоваться моим мнением на этот счёт.

Гордость, что меня, как взрослую, спрашивали, куда потратить семейные деньги, перекрывала разочарование по поводу того, что мечта под названием «Комета» махнула своим космическим хвостом и пролетела мимо. Купили плащ, и мы все были счастливы.

Позже мы купили и магнитофон. И это тоже было ничем не замутнённое счастье — как капля родниковой воды.

И вот на заброшенной родительской даче, куда я никогда уже не смогу спокойно приезжать и с которой не знаю, что делать, рядом с диваном, на котором разложены старорежимные бархатные подушечки с бабушкиными вышивками, стоит тяжеленная бандура с пожелтевшими пластмассовыми буквами «Комета». А где-то лежат кассеты, на которые я записывала собственные исполнительские шедевры. Там же есть любимая песня моего отца «Журавли».

И кто бы мне сказал, что делать с этой самой «Кометой» и с этими кассетами.

Соседка по даче как-то посоветовала: «Да выбрось ты это всё, к чёртовой матери! Это же хлам!» И она, наверное, права…

Очень личное

Этот текст я написала, когда скончался Эльдар Александрович Рязанов.

Мне нужно об этом сказать. Куда-то это деть. Это очень личное. О Рязанове. Почему личное? Потому что он присутствовал в моей личной жизни, наверное, так же, как и в жизни всех тех, кто знал наизусть его фильмы. А других людей тогда, в те далёкие уже годы, и не было.

Помню, как я шла после работы в садик за своим сыном. И пожилая воспиталка, увидев меня, спросила: «А што вы такая зарёванная?»

Это было в дни, когда по телевизору в первый раз показали «Иронию судьбы».

Я не успела к началу фильма и потому даже не подозревала, что вначале было очень много смешного. И стала смотреть, когда началась питерская часть фильма, где Женя Лукашин уже оказался в квартире у Нади и начался их мучительный путь навстречу друг другу. Там тоже нельзя было не смеяться. Но этот смех дорогого стоил.

Песни, которые перевернули во мне всё, вытащили из меня неизбывную тоску по чему-то прекрасному, ускользающему, чего в жизни не бывает, а о чём только мечтается.

Стихи Цветаевой и Ахмадулиной легли на музыку Таривердиева и сделали своё дело. Я ходила по улицам и твердила «По улице моей который год…», подходила утром к зеркалу и шептала: «Хочу у зеркала, где муть И сон туманящий, Я выпытать — куда Вам путь И где пристанище…» Смотрела в зимнее окно и повторяла: «Мне нравится, что вы больны не мной…»

И все эти придуманные люди, которые сразу же и навсегда стали родными. И эта ёлка, запах которой чувствуешь, как вживую, и этот плед — тот самый тёмно-зелёный клетчатый плед на кровати и у Нади, и у Лукашина, что по-настоящему, а не в кино, лежал и на моём диванчике тоже! Это, безусловно, был знак.

О том, что такие же пледы были в каждой второй квартире нашей страны, думать я не хотела.

А когда-то была «Карнавальная ночь». После неё я всё своё раннее детство думала, что «настоящий» Новый год справляют именно так: когда собирается много народу, которые вместе работают. Все друг друга знают и любят. И обязательно концерт, и конфетти с серпантином всем на голову. И необыкновенно красивая девушка с муфточкой в руках. И милый подвыпивший старик: «Есть жизнь на Марсе, нет ли жизни на Марсе…»

Потом мне ещё долго приходилось привыкать к мысли, что Новый год — это не всегда так…

А после «Карнавальной ночи» появилась «Гусарская баллада». Я помню афишу, помню, как я ходила в кинотеатр «Колизей» — тот, что давно уже театр «Современник», и боялась, что меня по малолетству не пустят, потому что там может быть что-то «про любовь».

Я тогда не ошиблась. Там действительно было «про любовь».

И то предрассветное утро, и кукла Светлана в руках у Шурочки… И опять что-то прекрасное, щемящее, ускользающее. Прощание с прошлым, прощание с детством: я тогда ещё не знала, что это такое. Но поняла, что это больно. И запомнила.

И вот в середине 70-х появилась «Ирония». А я оказалась к этому не готова. Она взяла меня тёпленькой: скрутила мне душу в спираль — да так и оставила на долгие годы. А если честно, навсегда. С фанатизмом, знакомым подавляющему большинству женских особей, «рождённых в СССР», я каждый год смотрела этот фильм и больше всего боялась его пропустить. А ещё я каждый раз боюсь, что там всё так и кончится расставанием, что на этот раз чуда в конце фильма не произойдёт.

«С любимыми не расставайтесь…» Это стихотворение знают все.

Там есть строчка, для меня непереносимая. Я никогда не привыкну к этому: «Трясясь в прокуренном вагоне, он полуплакал, полуспал…»

Почему Рязанов взял в фильм именно это стихотворение, наполненное таким безнадёжным отчаянием? Неужели и он тоже…

И вот совсем уж невозможное: нет тоскливее чувства, когда новогодняя ночь закончена и наступает раннее тусклое утро.

Откуда он знает, как это грустно: видеть никому уже не нужный блестящий дождик? И выброшенные ёлки, которые такие беззащитные и несчастные... как брошенные женщины. А я думала, что это только мне так больно...

А в доме на Вернадского, где снимался фильм, раньше жила любимая, на долгие годы моя самая любимая подруга... А теперь мы не общаемся. И это тоже часть фильма, который пророс через всю мою жизнь.

А «Служебный роман» я смотрела уже вполне взрослой тётей, но всё равно глупой.

Хотя к тому времени я уже кое-что поняла о жизни. И слёзы, которые слышны в голосе Оленьки, когда она, танцуя со своим любимым Юрой, говорит ему: «А помнишь, как мы ездили целоваться в Кунцево? А теперь на месте того леса — город...», попадали точно в цель. И это отчаяние, что жизнь проходит, проходит, почти прошла — и всё мимо, мимо...

И Юра — тот самый обаятельнейший Басилашвили с качественной стрижкой и в модном пиджаке. Тогда я ещё не знала, что слово «Женева» станет кодовым в моей жизни. Тогда ещё я слышала его как что-то о жизни на другой планете. И удивлялась тому, какой дурак этот Юра Самохвалов, который через слово повторяет: «А вот в Женеве...»

Уже потом, когда чудом, вопреки и наперекор всей логике совковой жизни, где всё по блату и всё для своих, я всё-таки оказалась вместе с сыном в командировке именно там, я пообещала себе, что никогда не буду унижать людей этим «А вот в Женеве».

С тех пор прошло тридцать лет, и я до сих пор стесняюсь этого слова, потому что помню Юру Самохвалова.

Это очень личное. И это тоже Рязанов. Он очень наш. Он очень мой. Любимый.

Второй

Каждый раз я смотрю на них — на тех, кто на пьедестале почёта стоит на втором месте. И неважно, что это за соревнования: эстафета в детском саду или олимпийские игры.

Когда я спрашивала отца, за кого он болеет в футбольном или хоккейном матче, он обычно отвечал, что за тех, кто проигрывает. Потому что им труднее.

Быть вторым — это драма, это невидимые миру слёзы. Это «почти, но…», это «ещё бы чуть-чуть, и…», это «эх, что же ты, а мы так надеялись» и много чего другого. С этим потом придётся идти по жизни, и хорошо, если представится возможность взять реванш и стать первым. Но чаще всего такой возможности жизнь не даёт, потому что она — не спортивные соревнования. Хотя и в спорте примерно то же самое. И есть очень хорошие мастера, которые так никогда и не добрались до первого места. Ну, не сложилось…

И мне каждый раз больно смотреть на того, кто стоит по правую руку от победителя, и вымученно улыбается на публику. Он тоже старался, он тоже рвался вперёд, он тоже молодец. Но есть первый, и есть второй.

Я помню по документальному фильму лицо Германа Титова, когда группе кандидатов в космонавты объявляли, что из пары Гагарин — Титов выбрали для полёта Гагарина. И уже не особенно важно, что Титов сделал в своём полёте, в чём превзошёл (а он превзошёл) Гагарина. Важно лишь то, что Гагарин первый, а Титов на всю жизнь остался вторым. А кто виноват? Никто. Говорят, Хрущёву не понравилось имя «Герман», и он выбрал Юру.

Второй. Это всегда больно, это требует мужества и умения не возненавидеть за это весь мир. Мой отец что-то знал про это. Но мне об этом так и не рассказал.

Овал

«Я с детства не любил овал, я с детства угол рисовал», — строка из стихотворения Павла Когана.

На академическом сайте даётся пояснение, что эта фраза — символ позиции нонконформиста, принципиального, бескомпромиссного, требовательного к себе, людям и жизни человека.

И что теперь делать мне? Я эту фразу Когана ещё в детстве для себя отметила.

Потому что с детства испытывала нежную любовь именно к такой геометрической фигуре, как овал.

Обожала овальные столы и вообще всё, что без углов.

Вот так бы сидела где-нибудь в домике Гауди и никуда оттуда, как говорил мой бывший начальник, «не вылазила».

И до сих пор я углы не люблю. Что-то в этом, однако, есть. Конформистское.

Четыре эссе о наших отцах

Дети войны

«Мы — дети войны», — говорят люди, чьё детство изуродовала война.

Мы, кто родился намного позже, — тоже дети войны.

Потому что наши отцы были Там.

Дети фронтовиков — очень часто дети боевых офицеров, людей, которых оставили в армии после войны. Тех, за которых девушки нашей страны мечтали выйти замуж. Потому что тогда это были такие офицеры.

Дети фронтовиков — это часто дети инвалидов, которые всю жизнь потом проходили с палочкой или на костылях. Или как мой школьный учитель математики, чертивший на доске идеальные прямые и окружности оставшейся левой рукой.

Дети фронтовиков — это дети бывших солдат, которые после войны запретили себе и жене даже вспоминать то, что было. Которые «забили на всё». И не участвовали, не праздновали, не отмечали. Но помнили. И тяжело пили по только им одним памятным датам.

Дети фронтовиков — это дети тех, кто попал в лагеря и дожил до освобождения. Вы помните этот вопрос в анкетах: «Были ли вы или ваши родственники в плену или интернированы?» А про оккупированные территории?

Они остались жить с чувством непереносимой обиды и необходимостью оправдываться всю жизнь.

Мы — дети войны, потому что память о ней присутствовала в каждом доме. Потому что мало у кого не найдётся коробки, где хранятся награды отца — настоящие, боевые. А не к памятным датам — спустя полвека.

Потому что есть альбомы. Вот они — бритые наголо, губастые и тощие. Внимательно смотрят на тебя. И никто из них ещё не знает: этот погибнет под Ленинградом, а этот — в боях за Кёнигсберг. А этот останется жить и всю жизнь вспоминать того, кто под Кёнигсбергом. Что-то очень зацепило тогда их обоих, что-то так сложилось, что думали, дружбе не будет конца.

Мы дети войны, потому что Девятого мая в каждом доме жил День Победы. Это была наша Победа. И мы, маленькие, тоже праздновали и гордились. Это был и наш праздник, пусть и очень горький.

Мы дети войны, потому что мы помним военные песни. А помним потому, что их пели наши родители. Когда собирались за столом, когда приходили в дом фронтовые товарищи. Когда мать пекла пироги в полстола и вытирала слёзы кухонным полотенцем, если вдруг начинали: «Враги сожгли родную хату, убили всю его семью. Куда теперь идти солдату, кому излить печаль свою».

Мы дети войны, потому что ни один из нас не мог спокойно видеть древнего деда на улице (когда ещё их, настоящих фронтовиков, можно было встретить) с орденами на допотопном пиджаке. Что-то начинало биться внутри, рваться наружу. Что-то начинало ужасно болеть. И мы все знали почему.

Мы дети войны, потому что мы — взрослые сироты. Война догнала наших отцов и отняла их у нас, и от горя умерли наши матери.

На полувековой юбилей Победы в 1995 году они, уже очень старые, в казённых, выданных им к празднику серых костюмах, шли по площади сами, старательно ровняя шаг и поддерживая друг друга плечом.

Потом, через десять лет, уже в 2005-м, тех, кто остался в живых, Девятого мая везли по Красной площади на грузовиках военного образца. Их везли по площади, и все понимали — они уходят.

Ещё через пять лет — в 2010 году, когда не было уже и грузовиков, — стало ясно: они не уходят. Они уже ушли.

Мы дети войны, потому что через них, наших отцов, мы чувствовали себя частью Страны. Частью Истории. Потому что это было частью нашего дома, нашей семьи.

Мой отец умер вскоре после шестидесятилетия Победы в 2005 году.

За неделю до смерти он мне сказал: «Ну вот, вроде я всё сделал. Теперь я совершенно свободен».

О памятных датах

В начале марта 1953 года лучший друг физкультурников прекратил терзать вверенную ему страну.

Есть замечательный сайт, там собраны истории людей из того страшного времени.

Я тоже хочу сказать несколько слов.

В 1932 году мои дедушка и бабушка переехали жить с Никоновки (район Новослободской) на Чистые пруды. Там они прожили полвека. Там вырастили своих детей, там потом жила и я. И для меня на всю жизнь малая родина и всё самое лучшее в детстве — это Чистые пруды.

Там старые деревья ещё помнят нашу семью, и там до сих пор стоит наш дом. Дом смотрит на пруд, стоит он строго напротив театра «Современник», раньше — кинотеатр «Колизей».

Балконы там расположены попарно. Квартиры находятся в разных подъездах, а их балконы — почти вплотную друг к другу.

Дед с бабушкой были немного знакомы с семьёй из соседнего подъезда. И это их балкон находился по соседству с нашим. Отец этого семейства носил «четыре ромба», что, кажется, соответствовало званию генерал-полковник, узнать уже не у кого. Жена его не работала, детей у них было трое.

Когда в 37-м году этого генерала арестовали, его жена устроиться на работу не могла, и дети их начали голодать. Но соседи по дому боялись даже близко к ним подходить.

Моего деда тогда отправили на Урал в принудительную командировку, бабушка осталась одна с двумя сыновьями. И каждый день она готова была получить известие о том, что деда тоже посадили.

А рядом семья уже по-настоящему пропадала.

И вот бабушка с моим отцом, в то время подростком, приспособились по ночам, лёжа на полу балкона, передавать еду на соседний балкон. Там на полу лежала и принимала передачи дочка этого генерала Рита. Балконы имели кирпичные стенки, но они не доходили до пола, и в этот зазор протискивали миски с кашей и хлеб.

Так продолжалось долго. И я уже никогда не узнаю, как же они все умудрились выжить. А тот генерал из лагеря так и не вернулся.

После войны Рита поступила в институт и стала преподавателем английского языка. Братья её погибли на фронте.

Рита стала взрослой, а потом пожилой и до смерти моих деда и бабушки навещала их. Когда мне надо было поступать в МГУ, она, уже Маргарита Карловна, сама занималась со мной английским языком.

Она всю жизнь относилась к моим родным, как к спасителям. Собственно, так оно и было.

Парад победителей

Давайте я расскажу о том, что было в 1995 году на пятидесятилетии Победы.

Тогда в первый раз задумали сделать парад фронтовиков — пустить по Красной площади ветеранов. Для этого их за полгода начали тренировать. Они приезжали к восьми утра на разные плацы, ходили по нескольку часов, учились заново ходить шеренгой, тянуть ногу и прочее.

Чтобы быть допущенным к параду, каждый должен был пройти медкомиссию. Допускали только тех, кто был «более или менее» на ногах. Тех, кто был слишком стар или слишком болен, выбраковывали.

Вы видели, как плачут от обиды старики-ветераны? Вытирая по-детски слёзы, которые бегут по щекам? Не дай вам бог. Правда, теперь уже по-любому увидеть это не придётся…

На тренировки по отработке шага приезжали счастливчики, кого допустили: и старики, и старухи. Все — с больными ногами, давлением и прочим, но все держались. Складывали свои сумочки-пакетики на газон и ходили по нескольку часов. Иногда кому-то становилось плохо, но виду такой старик или старуха не подавал, и никто рядом их не выдавал. У всех в карманах лежали лекарства: они знали, что нужно делать.

В день парада отец встал в три часа утра. По такому случаю я приехала к родителям домой и собирала его вместе с мамой. Помню, как тщательно он брился и как тряслись у него от волнения руки.

Потом он позвонил своему фронтовому товарищу и каким-то придушенным голосом спросил: «Петька, ну ты как, готов?» Петька был такой же, как отец, старик, ещё старше. Просто они на всю жизнь остались друг для друга Петьками, Лёшками, Сашками — эти когда-то необыкновенно красивые, смелые, как черти, боевые лётчики, а на самом деле — просто мальчишки.

Когда уже после парада я, увозя отца домой, спросила, как же он выдержал такую чудовищную нагрузку, он сказал:

— Так мы же поддерживали друг друга.

— Как? — спросила я.

— Мы договорились идти очень тесно, чтобы, если кто не дотянет, поддержать. Плечами…

Пришёл отец с фронта

Одна из моих любимых фотографий: отец в первый день после возвращения с фронта дома, на балконе нашей квартиры на Чистых прудах, уже немножко «принявший на грудь».

Его сфотографировал мой дед.

На этом же балконе в разгар войны стояла моя бабушка и смотрела вслед моему отцу, рядом с которым шёл дед.

Отец тогда после лётного училища на сутки был отпущен домой попрощаться и уходил на фронт, а дед его провожал. Они ничего не сказали бабушке, чтобы не терзать её. Она, сестра милосердия, выхаживающая раненых, не знала, что и второй её сын уходит на войну.

Наверное, дед, военный инженер Генштаба СССР, мог запросто устроить своим детям бронь. Но ни ему, ни бабушке это даже в голову не пришло.

Отец был боевым лётчиком, последний вылет — утро 9 мая 1945 года. На той фотографии ему 21 год.

Его старший брат попал в «котёл» под Харьковом и пять лет провёл в концлагерях. Совершил несколько побегов и пережил собственную казнь. Освободили его американцы. И он вернулся домой, на Чистые пруды. А что было потом — отдельная история. Очень тяжёлая.

Я вижу всё

Шутки и афоризмы

Истинно, истинно говорю вам: половина вышедших в 2020 году книг будет называться «Twenty-Twenty».

В первое утро нового года напомните себе, что «перцептивное сознание — это ложное сознание, что-то вроде конфабуляции». И вам станет легче.

Деликатные люди обычно принимают извинения за допущенную бестактность, неприличную ситуацию, грубость и пр. с готовностью и смущением, всем видом показывая, что ничего страшного не произошло и, практически, можно даже всё это повторить…

Когда я попадаю на рекламу современных высокотехнологичных фильмов, мне сразу хочется включить «Весну на Заречной улице».

Почему-то отсутствие нормального человеческого стыда часто принимают за наличие таланта.

По нынешним временам Достоевский вполне мог бы написать не роман «Идиот», а роман «Паразит».

Важно сохранить в себе не только внутреннего ребёнка, но и внутреннего взрослого. Главное, чтобы они не передрались.

В моих внутренних диалогах мне особенно дороги моменты, когда я ем себя поедом за то, что я ем себя поедом.

В дополнение к линии российских колбасных изделий «Папа может» предлагаю открыть новую линию «Мама знает».

Автокорректор знает лучше. Моё «пишу» он поменял на «пашу». И, в сущности, он прав.

И вот наступает время, тот самый «возраст счастья», когда у тебя получается посылать куда подальше людей, регулярно справляющих большую нужду тебе на голову. И остаётся лишь грусть по поводу того, что ты не научился этому много раньше.

Раньше, когда джентльмену падало на ногу что-то тяжёлое, он восклицал: «Проклятье!»
Всё. Я всё сказал.

Рекомендация «Молчи, сойдёшь за умного» работает не всегда. Иногда и молчание помочь не в силах…

Сорокалетний неработающий Геннадий, узнав, что люди посылаются в виде испытания, наказания или подарка, понял, что он — подарок.

Как это скучно: английское *hardware*. Зато по-русски можно сказать: винтики-шпунтики и прочая разная хрень, названия которой вообще не существует.

Автокорректор знает лучше: историческая правда — истерическая правда.

«Интеллигентный мат» отличает способность говорящего оформить свою мысль любым другим, например самым изысканным, образом. Примитивный мат отличается отсутствием как самой мысли, так и возможности высказать её в другой форме.

Труден путь от отличницы к троечнице.
Трудно, но нужно. Потому что только так можно освободиться от комплекса перфекционизма.

Философическое: если бы желание раздеть женщину совпадало с желанием одеть её же, в мире было бы намного больше гармонии.

Выстраданное: чтобы вам понадобилась дурацкая вещь, которая годами валялась у вас дома, достаточно накануне её выбросить.

«Земную жизнь пройдя до половины», а потом ещё почти столько же, поняла, что наказывать зверей и детей нельзя. Никогда.

Когда чего-то хочется, но нельзя, достаточно сказать себе волшебное слово: «Надо!»

Только наш человек способен понять, что значит выражение «парадные тапочки».

Из подборки «Невидимые миру слёзы»: ремень вернулся на прежнюю дырку…

Знаете, в конце концов, если по дороге от плиты к холодильнику вы не забыли, зачем шли, всё не так уж плохо.

Автокорректор знает лучше. Пишу «готов к размещению», получаю «готов к развращению».

Если есть крылья, то почему бы и не летать…

Физическая работа исключительно приятна в ситуации, когда надо напрягать мозг.

Мне необыкновенно нравятся те дома, где «наглые рыжие и прочие морды» чувствуют себя полноправными хозяевами.

На самом деле символ трагизма необратимости бытия — не песочные часы, а мясорубка.

В жизни всё как в Фейсбуке: кто-то недолайкан, кто-то перелайкан. А кто-то отфренжен или вообще забанен.

Любящие и заботливые жёны суть бессердечные твари, ибо лишают своих мужей возможности чувствовать себя жертвой.

Наша жизнь похожа на Google, где результат часто зависит от правильно сформулированного запроса.

Одно из самых нелепых и любимых писателями слов: «внезапно».

С годами всё чаще понимаешь, что дома — хорошо, а в гостях — так себе…

«По-над прудом…» Прочитаешь такое, и всё. Тебя нет. А есть слёзы, какая-то генетическая, вышедшая из темноты прошлого тоска, какие-то воспоминания, которые тебе не принадлежат… Вот ведь гады какие все эти писатели с поэтами. Делают с нашим братом что хотят…

Пожилые актрисы с неудавшейся театральной судьбой любят вспоминать, как однажды после их монолога в спектакле зал молча встал. Они рассказывают об этом со слезами на глазах, и видно, что сами этому верят. Вот и мы так же часто, обманывая себя, обманываем других.

Просто вспомнить: мой отец больше всего любил, когда мы все были дома. Наверное, и ваши мамы с папами — тоже…

Лучше поздно, чем никогда, но хуже, чем вовремя.

Из подборки «Мои опечатки»: настоящий половник.

Если существительное «бл@дь» становится у вас знаком препинания, значит, в вашей жизни произошёл большой качественный скачок.

А ещё спасибо савецкой власти за то, что не было у нас предмета «человековедение». Обществоведения оказалось вполне достаточно.

В каждой шутке есть доля водки. Это, конечно, шутка. В которой есть доля водки.

Как хорошо, что настало время, когда можно ходить по улицам, размахивая руками и громко разговаривая непонятно с кем.

Девушкам, дамам и прочим гражданкам нужно понять и смириться: даже если ваши любимые мужчины привязаны к вам всей душой, сердцем их безраздельно владеют ваши коты.

Некоторые не могут делать зарядку, потому что сначала они хотят есть, а потом — спать. Или наоборот. Короче, не могут. Отвалите.

Иногда кажется, что некоторые люди расстались с телесной невинностью при появлении на свет.

Я тоже умею писать стихи:

Моим стихам, написанным так поздно,
Что и не знала я, что я поэт...

Если честно, то книга не только лучший подарок, но и лучшее снотворное.

Иногда хочется сказать: «Люди, у вас в голове есть мозг. Почему вы им не пользуетесь? Полезная вещь, я уже пару раз пробовала».

Когда женщина перестаёт закрашивать седину, она одерживает убедительную победу над ней, над возрастом и своими страхами.

Одной из самых интересных тем сегодня, на мой взгляд, является тема «межвидового общения». Я бы в этой связи выделила типичные ситуации: когда люди лучше понимают зверей, чем друг друга. Я имею в виду не только собак и кошек. Но и других представителей фауны (а может быть, и флоры).

Думаю, сюда можно накидать много других наблюдений.

Девушка говорила долго и умно. А потом запнулась, воскликнула: «Ой, блин!» И всё испортила.

Оксюморон:

Один поэт объясняет при знакомстве другому: «Я, вообще-то, очень знаменит!» Была свидетелем.

Вот сделает хороший человек что-то доброе, ну и что? То ли дело, когда это вдруг сделал какой-нибудь гад. Вот тогда — изумление и восхищение.

Моя эрудиция проявляется прежде всего в том, что я знаю наизусть много цитат. Из самой себя…

Вспоминая огромное количество дураков, с которыми мне посчастливилось встретиться за свою долгую жизнь, понимаю, что всех их, помимо глупости, объединяло ещё одно: значительное выражение лица. Так что давайте уже, господа, улыбаться, штоле… как в кино…

Сравнительная степень «больше-меньше» к слову «любовь», на мой взгляд, неприменима. Или есть, или нет. Как беременность.

Никогда, никогда не выбрасывайте любимые старые игрушки. В них — часть нашей души. И души наших детей.

Фейсбук поймёт: всей флоре, а также фауне — мои сердца. Всегда. Человекам — по обстоятельствам…

Процесс превращения в красавицу с учётом помывки, просушки и макияжа плюс решение проблемы «мне нечего надеть» занимает полдня. Процесс превращения в умницу — всю жизнь.

От соблазна поведать о текущих личных скорбях и глобальной несправедливости мира вас надолго удержит выражение глубокого удовлетворения, тёплыми лучами исходящее из глаз вашего реципиента.

Женщины очень внушаемы, это известный факт. Вот скажут ей, что она умница, красавица, талант, обладательница ангельского характера и такого же терпения, и она сразу же верит…

А вот вопросик такой: кто-нибудь в детстве обедал, поставив книгу на хлебницу перед тарелкой с супом?

Один из самых приятных, трогательных и значимых подарков жизни для женщины — это возможность наблюдать, как ест любимое существо: кот, собака, ребёнок (независимо от возраста) или муж (независимо от его габаритов). Потому что любовь.

С появлением навигаторов и прочих GPSов оборвалась ещё одна ниточка, соединяющая человеков. И уже никто не спрашивает «как пройти в библиотеку». Для нас, топографических кретинов, это большая потеря…

ИМХО, есть страны, поцелованные Мирозданием, а есть, на которые оно с отвращением плюнуло.

Настоящий кошмарный сон — это когда тебе под утро снится электронная очередь в туалет и твой номер на талончике — 101…

Судя по популярности закадрового смеха, вероятно, близок час, когда ремарки «уже можно смеяться» будут украшать литературные шедевры.

Всё. Уже можно смеяться.

Начиная с определённого возраста, любую неудобную позу можно ставить себе в зачёт как упражнение пилатеса.

Сделала селфи, чтобы понять, отчего народ так запал на это увлекательное занятие. Посмотрела на результат и плюнула от отвращения. Поняла, что этого делать нельзя. Мироздание возвращает нам нас самих с большим намёком. На что — сами догадайтесь.

Ни один мой пост в Фейсбуке не набирал с такой лёгкостью и быстротой столько комментариев и лайков, сколько фотография нашего кота.

Самые коварные слова: «Ты не оправдал моих ожиданий».

«Возраст счастья», в котором пребывает большинство из моих знакомых дам, интересен ещё и тем, что если раньше при виде мужчин, сворачивающих шею вслед, организм наполнялся тихим ликованием, то теперь в организме возникает подозрение, что в поредевших локонах забыта какая-то из бигуди.

На пляже в одной знойной, прекрасной стране был мне тайный знак небес. Правду говорю. Увидела я девушку, похожую на меня. Сорок, извините, лет назад. Всё было точно так, перечислять не стану. Я впала в ступор, потом почувствовала слёзы. Это так больно, это так несправедливо… Потом заказала шампанского и благословила красоту и молодость. Надо уметь уходить с этой площадки. И я стараюсь. Ваше здоровье, леди и джентльмены!

Как часто то, что считаешь впечатлительностью, оказывается обычной мнительностью…

Что думает о своих вымышленных персонажах писатель, обычно ясно. А что думают эти персонажи о своём создателе? Может быть, он для них тоже — Создатель?

Каждая бабушка-старушка твёрдо знает, что в молодости она была красавица.

С тех пор как я поняла, что мне лучше побольше молчать, моя жизнь заметно изменилась к лучшему. Жаль, что это произошло только что.

Оставим в покое наше прошлое. Оно само позаботится о том, чтобы лишить нас сна.

Когда-то она мне рассказывала, как ненавидит гладить мужнины рубашки. И обычно обходится фронтальной частью, которая видна из-под пиджака. Потом она с треском развелась. С тех пор я особенно тщательно и с любовью проглаживаю рубашки своего мужа. Мало ли что…

Читаю в приличном издании статью. Дохожу до предложения: «*Проведя несколько лет в Австралии, ею были сыграны множество ролей*» …
Здесь прекрасно всё.

Радости графомана: поняла, как хорошо, что кроме слова «несчастный» есть слово «несчастливый». Это же разные смыслы!

Когда к тебе обращаются «madam», то чувствуешь себя дамой. А когда к тебе обращаются «ой, женьщчина», хочется дать в морду.

Однажды я возненавидела авоськи за их откровенную прозрачность — когда усвоила, что лицо, как и сумку, надо держать закрытым. Трудно было только поначалу, а потом это вошло в привычку.

Обычно люди мучаются не потому, что не могут что-то изменить, а потому, что у них нет сил что-то изменить.

Конечно, работа — это заработок, самореализация, независимость, круг общения, статус и ещё много чего. Но с тех пор, как по утрам мне не нужно на эту работу идти, мой день начинается с благодарения Богу.

Когда я вижу лысых, усатых и бородатых мужчин, душа моя тихо радуется, так как у меня нет ни одного, ни другого, ни третьего. Пока нет.

Она всё время жалуется на то, что все вокруг постоянно жалуются.

Я не умею рисовать, петь, играть, танцевать и рассказывать анекдоты. Поэтому я пишу книги.

Откуда пришло, не ведаю. Нашла в своих записных книжках и не могу оставить это без внимания. По поводу зимних шапок, которые женщины советского периода, как правило, не снимали в помещении, незнакомый мне гений Коля Сахаров как-то написал бессмертные строки: «На вашу шапку лисию, я какаю и писию».

Для того чтобы в мире царило добро, достаточно не совершать зло. Гадостей делать не нужно. И этого уже хватило бы.

Если бы в прошлом можно было не работать, не зарабатывать, не доказывать, не самореализовываться, я не работала бы ни минуты. Я бы сидела на балконе в кресле, смотрела бы на деревья и пила вино.

Дамы, соратницы, подруги! Носите шпильки. Женщина на шпильках — она тоже человек.

Френды на Фейсбуке делятся на тех, кто постит селфи, и тех, кто постит мысли.

И все они постят котиков.

Предлагаю скучное советское «ром-баба» заменить на романтическое «ром-дева».

Задумала написать что-то умное и приятное.

Пишу: «интеллектуальная продвинутость». Автокорректор втихаря исправляет: «интеллектуальная продажность».

Люди! Бойтесь автокорректоров!

Девушки, непреднамеренно поражающие воображение выразительностью форм в области грудей и прочих частей комиссарского тела, чаще всего представляются как выпускницы психологического факультете МГУ. А как же филологический, искусствоведческое отделение истфака, мехмат, наконец? Обидно за профессию, как сказала мне знакомая профессорша…

Одно из наименее известных и востребованных слов в современной российской жизни — это слово «меритократия». Потому как нет явления, нет и слова.

Из отзыва редактора: «Очень эффектная стилистическая каденция, но она терминальна».

Из подборки «Мои опечатки»: сливка общества.

Вычитала. Какая роскошная строчка, вот бы мне такую! «Одинокие женщины с филологическим образованием в глазах»…

Я хотя и помню, что «русский и китайса — братья навек», но каждый раз, видя китайца с собакой, пугаюсь и думаю, что это он выгуливает свой ужин.

Из подборки «Мальчишкам не читать».

Шорты — это великое изобретение человечества. В них достойно выглядит и девочка, и мамочка, и бабушка. Длина чуть выше колен приветствуется даже там, где «ножки уже, как у сороконожки». Но попробуйте надеть, если только вы не юная дева, юбку такой же длины, когда ниже — те же голые ноги. Сразу будете выглядеть как старая сами знаете кто.

Красавицы делятся на тех, кто боится быть некрасивой, и на тех, кто некрасивой быть не боится.

Знаете, вот что скажу: там, где счастливы звери, наверняка счастливы и люди.

Я сразу же поняла, что группа в Фейсбуке «Сволочи, циники и мизантропы» — это моё.

О чём бы человек ни говорил, на самом деле, если копнуть поглубже, он всегда говорит о себе. Добавлю, что каждый раз говорит он ещё: «Любите меня. Я — умный, хороший и пр.». Но чаще всего мы этого не слышим.

Обшлаг формы сотрудников Аэрофлота отделан золотыми позументами. В центре композиции — серп и молот. И это всё, что вы хотели узнать…

Креатив из Москвы: ломбард «Ваш путь к успеху», салон красоты «Круассан» и бар «French Kiss». В шаговой доступности от дома.

Встретила в ленте имя Basya Danunaher. Подумала о том, какая звучная фамилия. Пока не дошло…

Опечатка, понимаешь, случилась, пока вдохновенно набирала текст: «журнальный зал» — «журнальный зад». Потом клавиатура подумала и выдала третий вариант: «журнальный ад».

Две самые смешные организации в современной России: Центр изучения российских элит РАН и Институт мировых цивилизаций Жириновского.

Из подборки «Мои опечатки»: мясорубка — мясорыбка.

На мой взгляд, человечество делится на тех, кому важнее сама жизнь, и на тех, кому дороже её результат. Третью группу составляют отступники типа меня. Я бегаю из одной группы в другую в зависимости от обстоятельств.

В детстве моё воображение поражали заголовки у Дюма: «Десять лет спустя», «Двадцать лет спустя»…
А теперь — «сорок лет спустя», и, оказывается, ничего страшного.

У меня есть знакомая — чудесная девочка. Перед тем как матюгнуться, она, из уважения ко мне, обычно спрашивает: «Татьяна Юрьевна, можно слово скажу?» И я обычно не могу отказать в удовольствии ни ей, ни себе.

Вы не замечали, как много среди нас, — живущих, — раненых? И убитых.

А кто уже начал грустить о том, что лето, которое ещё не началось, скоро закончится?

Мой отец, когда ему было плохо на душе, уходил. Он ходил по нескольку часов и, когда отпускало, возвращался домой. Это был его эскапизм. У меня происходит то же самое. Когда мне плохо, я ухожу и долго слоняюсь по улицам. Думаю о том, как хочется поселиться где-нибудь далеко. Где есть деревья, трава, цветы, звери (невиданной красы). Книги и музыка.

Есть люди, живущие так, как будто делают всем остальным одолжение…

Между «умная» и «умненькая» есть большая разница. Мужчины это спинным мозгом чувствуют. И предпочитают второе.

Шла по улице и пыталась понять, почему у меня хорошее настроение. Перебирала события дня, искала, что там было такого, что могло так уж сильно порадовать.

Благодать Господня снизошла тогда, когда стало ясно, что для хорошего настроения причины не нужны.

Настоящее благородство начинается тогда, когда о содеянном не знает никто, а автор-исполнитель тихо кроет себя за собственную дурость.

Когда-то Первое апреля (никому не верю) был для нас Днём розыгрышей. Теперь это — День дурака. Торжественный и мрачный праздник.

Дети, которых били и унижали вчера, скоро станут взрослыми. Вернее, они уже стали взрослыми. Вчера.

Если вам нужно заснуть, не думайте о людях. Думайте о цветах, деревьях и котиках. Помогает. Проверено на себе…

Днём купила в аптеке капли для увлажнения глаз. Вечером у меня в почте была реклама этого средства. Как жить???

Только сейчас я начинаю понимать своих родителей и то, какая я была дура. И я не могу сказать, что лучше поздно, чем никогда. Лучше уж никогда, чем поздно.

На мой взгляд, писать книжки должны или люди, хорошо уже пожившие, или же дети. Молодняку, который ещё не дорос до эмоциональной и прочей зрелости, но уже потерял детскую непосредственность и поцелованность Богом, лучше потихоньку набираться жизненных впечатлений и не торопиться делиться сокровенным с человечеством.

«Куда! Стоять!» — зарычала я вслед мысли, которая, кокетливо дёрнув задом, умчалась от меня. Кажется, навсегда. Вот так бы и врезала ей… Если бы догнала.

Предлагаю шедевру «Пятьдесят оттенков серого» дать более короткое название: «Серость». Просто серость.

Любовь рождается из ничего: из запаха, движения, линии профиля, молчания. Отвращение рождается из того же.

Русский бунт. Бессмысленный и бесполезный.

Берегите в себе собаку. Да. В себе. Собаку.

Душеведы и душелюбы настоятельно советуют нам «выйти из зоны комфорта». Хочется задать им мой любимый вопрос: «А зачем?»

В конце концов, я потратила столько лет и сил, чтобы в эту самую зону войти, совсем не для того, чтобы из неё выходить.

Есть люди, с которыми можно замечательно общаться, только если не воспринимать их всерьёз.

Оксюморон: «Европейская часть России».

Поезд давно ушёл. Не пытайтесь освободить вагоны…

Настоящий танец — это секс в приличной и прилюдной форме.

Все деловые звонки, которые нельзя пропустить, поступают в то время, когда ты, как инженер Щукин из «Двенадцати стульев», стоишь совершенно голый и в пене. И хорошо, что не на лестничной площадке.

Моя опечатка: Дамоклов мяч.

Снится часто, что в классе всем разрешили садиться кто с кем хочет. И я с ужасом понимаю, что могу остаться одна. А сейчас бы меня эта ситуация нисколько не смутила, а, скорее, порадовала бы.

Остерегайтесь женщин, любящих читать инструкции.

Кто пишет, тот поймёт…

«Я хочу, чтобы ты отдохнула, — сказал одной авторше её муж. — Давай договоримся: не чаще одной книги в год. Иначе ты загонишь себя…»

Авторша до сих пор нервно смеётся и икает. Хорошо ещё, что не чаще чем раз в полгода. Или в три месяца…

Список выполненных дел равен нолю именно в те дни, когда задумано особенно много.

Московская подруга:

— Классный пост. Не размещай его сегодня… Воскресенье, в Фейсбуке никого нет.

Я:

— А когда же ещё?

Подруга:

— Выложи в понедельник. Все уже будут на работе…

Интересуюсь спросить: а почему Софи Лорен никогда не называли итальянской Любовью Полищук, Джульетту Мазину — итальянской Надеждой Румянцевой, а Брижит Бардо — французской Натальей Кустинской?

Девочковое. После фразы «Поверь, ты самый лучший!» ваши отношения с мужем могут выйти на новый качественный уровень.

«Одни люди дарят нам любовь, другие — уроки». Думаю, по части полученных уроков многие из нас могут претендовать на защиту PhD в Гарварде.

Про баб-с:
И у снежной бабы тоже была пора девичества.
В конце концов, каждая снежная баба когда-то была снежинкой.

Мне нравится совет: «Никогда не спорь, лучше сделай маникюр». Стараюсь ему следовать и уже думаю об открытии маникюрного салона.

Умные девушки поступают в престижные блатные институты не для того, чтобы потом работать. А для того, чтобы потом никогда не работать.

А время течёт. Со всеми вытекающими…

Наш социум можно поделить на тех, кого мы воспринимаем всерьёз и кого — нет. Движение есть, но в одну сторону. Назад пути нет.

Он честно старался про@рать свою жизнь. Но не получилось.

Новый год лучше, чем День рождения. В День рождения мы становимся старше поодиночке, а в Новый год — все вместе…

Дружба заканчивается тогда, когда начинаются уверения в ней. То же самое и с любовью.

Из подборки «Смейтесь же, паразиты!»:
Я никогда не даю советов. И вам не советую.

Есть люди как тортик. Любить их можно, но в небольших количествах и не каждый день.

Раньше в канун Нового года мне хотелось плакать. А сейчас хочется шутить. Что, в общем, почти одно и то же.

С людьми то же, что и с продуктами. Всё дело в сочетаемости с вашим организмом. Чтобы не вытошнило.

Хам — это ущербный, закомплексованный и несчастный человек. Предлагаю создать «Общество защиты хамов от вежливых людей».

У мозга, в отличие от @опы, нет болевых рецепторов. Думайте мозгом.

Иногда даже ненависти к общему врагу, которая так сближает, для любви бывает недостаточно.

А вот почему одним всё, а другим — всё остальное?

Он — тот, кто взрослее и умнее нас, — уже не придёт и не ответит на наши самые трудные вопросы. Потому что «он» — это давно мы.

Те, у кого в жизни мало друзей, говорят, что важно, прежде всего, их качество. Тем, у кого много друзей, можно уже ничего не говорить.

Каждый человек твёрдо знает, что он прав. Во всём.

Как много пособий по запоминанию. И ни одного — по забыванию.

Граждане, будьте бдительны. Всюду бродят неприкаянные мысли.

Посвящается дурам
Семнадцать рассказов
2015

Её проза затягивает с первой страницы. И уже нет ни сил, ни желания оторваться. Грустные, часто ироничные, то и дело дающие повод для улыбки и размышлений рассказы про наши маленькие победы и большие поражения, про слёзы, которые никому не покажешь, про душу, которая подчас напоминает ребёнка. Книга посвящается «дурам», но на самом деле просто женщинам, которые с переменным успехом проходят через различные «обстоятельства места, времени и образа действия». Удивительная книга о наших современниках на изломе их личной истории, на изломе жизни страны.

Грамерси-парк и другие истории
2015

В сборник «Грамерси-парк и другие истории» включена повесть о судьбах двух москвичек, разными путями оказавшихся в Америке и по-разному пришедших к личному преуспеванию и благополучию, а также рассказы о наших современниках. Кто-то из них живёт в России, кто-то за её пределами, но, независимо от этого, все они хотят добиться успеха и найти своё счастье. У кого-то это получается, у кого-то нет. Автор книги Татьяна Шереметева предлагает читателю вместе с ней подумать о непредсказуемости жизни, о случайностях и закономерностях, о нашем прошлом и настоящем.

Жить легко

Роман
2017

Талантливый писатель, любимец женщин, отец взрослого успешного сына, человек мужественный, энергичный, способный быть честным перед самим собой. Его зовут Волковицкий, и его знают многие. Другого преследуют ночные кошмары, где он всегда один и всегда проигрывает. Отношения Горелова с близким другом и с любимой женщиной обречены, и он навеки останется для обоих предателем. Единственное существо, кто по-настоящему любит его, — пёс по имени Цезарь. Горелов одинок, и демоны прошлого его не отпускают. Волковицкий и Горелов — одна судьба на двоих. Эта книга заставляет людей смеяться и плакать. Таковы две реперные точки, между которыми и начинает свою жизнь новый роман писательницы Татьяны Шереметевой «Жить легко».

Маленькая Луна

Роман
2018

В этом романе переплелись прошлое и настоящее, разные судьбы, характеры и мироощущение героев. Здесь нет отрицательных и положительных персонажей, а есть люди, которые справляются со своей жизнью как умеют. И каждому при воспоминании о былом есть о чём сожалеть. Трудно всё время обманывать себя, стараясь забыть тех, кто был тебе дорог и кого ты предал. У Вселенной свои законы, всё хорошее и плохое, что совершили мы, к нам возвращается. И никакой вымысел не может соперничать с тем, что порой предлагает нам жизнь.

Личная коллекция
Magnum opus
Эссе и афоризмы
2019

«Личная коллекция» — пятая книга известного автора Татьяны Шереметевой с интригующим и провокационным названием. В ней пойдёт речь отнюдь не о любовных похождениях или бурных романах. Напротив, книга — это обобщённый опыт автора, содержащий самые яркие её высказывания, афоризмы, остроумные посты в Фейсбуке, выдержки из уже опубликованных повестей и романов, которые разошлись на цитаты и обрели самостоятельную жизнь. Отдельного упоминания заслуживает раздел, в котором приводятся критические статьи писателя на произведения её коллег по литературному цеху. Завершает книгу интервью, а вернее откровенный разговор Татьяны Шереметевой с Верой Сухининой, автором проекта «Леди сорок плюс». «Личная коллекция» — это дайджест лучших текстов автора. И потому неслучаен здесь второй заголовок: «Magnum Opus».

www.ingramcontent.com/pod-product-compliance
Lightning Source LLC
Chambersburg PA
CBHW071522110726
47908CB00003B/919